无形之物

张定浩 著

华东师范大学出版社
·上海·

图书在版编目（CIP）数据

无形之物／张定浩著. —上海：华东师范大学出版社，2020
ISBN 978-7-5760-0662-9

Ⅰ. ①无… Ⅱ. ①张… Ⅲ. ①中国文学—当代文学—文学评论—文集 Ⅳ. ①I206.7-53

中国版本图书馆 CIP 数据核字(2020)第 122296 号

无形之物

著　　者　张定浩
责任编辑　顾晓清
审读编辑　吴飞燕
责任校对　李琳琳
图像设计　劳硕维
封面设计　周伟伟

出版发行　华东师范大学出版社
社　　址　上海市中山北路 3663 号　邮编 200062
网　　址　www.ecnupress.com.cn
客服电话　021-62865537
网　　店　http://hdsdcbs.tmall.com/

印 刷 者　杭州日报报业集团盛元印务有限公司
开　　本　787×1092　32 开
印　　张　6.5
字　　数　107 千字
版　　次　2021 年 1 月第 1 版
印　　次　2021 年 1 月第 1 次
书　　号　ISBN 978-7-5760-0662-9
定　　价　39.00 元

出 版 人　王　焰

我不过是无形之物的一名秘书。

——切斯瓦夫·米沃什

目 录

重　力

1

伊壁鸠鲁认为，重力是物质根本而固有的性质。但牛顿反对这一种说法，“重力比如是由一个按一定规律行事的主宰所造成，但这个主宰是物质的还是非物质的，我却留给了读者自己去考虑”。牛顿并不奢望理解重力产生的原因，他看见有这么一种力量的存在，用辛勤的测算找到它的规律，并用它解释大到星辰小到原子的运动。“物体为重力所吸向地球，地球反过来以相等的力被吸向物体……我在此使用吸引一词是广义的，泛指物体相互趋近的一切天然倾向。”事物之间天然有两种关系，一种是相互联系，一种是相互排斥，诺思洛普·弗莱曾把事物相互联系的一面称为——文学。

这样来看，思考文学就是在思考万有引力（进而，由于主要的文学都是在关心大地上的事务，因此，思考文学就主要是在思考重力）。这是一个比喻。而所有的比喻，都在试图将异质之物牵引到一起，如同万有引力。一个新比喻会令人震惊，久而久之，人们会习惯它，接受它，使用它，但未必就理解它。如马赫对牛顿重力理论的指认，“从非同寻常的不可理解性变成了一种寻常的不可理解性”。一旦习以为常，大多数人就不再思考它。很多我们赖以生存的比喻也是如此。人可以在不可理解中生活，只要这成为一种常态，人害怕非常态，而不是害怕不可理解。

因此所有好的文学还有一个特质，那就是对不可理解的接受，就像牛顿搁置对重力原因的理解，他推托给上帝，好的文学也把这任务推托给读者。

对于文学，还有一种古老的说法，认为它来自记忆。我认为这和重力的诉求并不矛盾。事实上，重力，也可以看作物质的一种记忆，对于坠落的记忆。这记忆来自旧约，晨曦之子从天空坠落，带来撒旦之恶，也分开了天地。比较一下中国盘古的神话，天地的成形源自一个人的长成，中国的天地是被人的长成分开的，而不是神的坠落。

我们都无法否认记忆的重量。就是那些记忆力最好的人最终拿起笔开始写小说。但小说要处理的记忆，往往是一些令人不愉快的事情，或者简称为恶，现代小说尤然，撒旦总是更富魅力的天使。德里罗的小说《天使埃斯梅拉达》中，一群修士在贫民窟的断壁残垣上涂鸦，每死去一个人就画上一个天使，十二岁的少女埃斯梅拉达被人强奸之后从楼顶扔下，变成墙上的天使。阿利斯泰尔·麦克劳德的小说《秋》，一头和一家人相依为命的忠贞老马，被父亲和母亲合谋出卖，用诡计骗上驶向屠宰场的卡车。这样悲苦动人的小说可以无限制地举例下去。现代小说，就在面对和挖掘这些恶和难过，讨好它们。我知道这样的小说相当精彩，饱满，富有力量，但我就是难以热爱。这么说，并非要无视所有人世悲苦烦忧，我也深知这些属人的不愉快是人类生活必须接受的重力，但所有活下去的人，不是依靠悲苦活下去的，而是依靠欢乐或者对欢乐的希望。

2

在 2013 年撰写的长文《艰难的“重返”》中，梁鸿反思她两部影响深远的“梁庄”之作。她谈到某种有意无意的“塑造”，“通过修辞、拿捏、删加和渲染，我在塑造一种生活形态，一种风景，不管是‘荒凉’还是‘倔强’，都是我的词语，而非它们本来如此，虽然它是什么样子我们从来不知道。我也隐约看见了我的前辈们对乡村的塑造，在每一句每一词里，都在完成某种形象……我们不自觉地按照闰土、祥林嫂、阿 Q 的形象去理解并继续塑造乡村生命和精神状态，它已经变为一种知识进入作家的常识之中”。

她谈到真实，文学的真实与社会学的真实，它们之间的错综纠葛，“文学能够溢出文学之外而引起一些重要的社会思考，我想，这并不是文学的羞耻。相反，这一文学应该具备的素质之一离当代文学越来越远了。同时，文学文体并非有某种固定的模式，一个写作者如果能够用一种新的结构使文学内部被打开，那无疑是一件幸运的事情。但同时，我也意识到，如果多数人仅从社会学方面来理解这两本书，也恰恰说明它们可能存在着一些问题。文学的结构没有在文学性和社会性之间形成一种张力，而让一方遮蔽了另一方，这说明文本在某些层面还不够成熟”。

她也谈到自己，有些时候，她清楚地感知到，“我是梁庄人”，另一些时刻，她明白，“你不是梁庄人，你已经习惯了明窗净几的、安然的生活，你早已失去了对另一种生活的承受力和真正的理解力”，有些话语仅仅是“作为一个外部人对村庄内部生命的简单化理解”。

她进而谈到写作与生活的关系，她谈到诚挚的写作者面对无力改变的他人苦难生活时都具有的虚无感和负罪感，但她没有就此止步，而是继续向前追索，“我们把这种负罪感转化为一种怜悯并投射到他们的生活中，以减轻自己应该承担的重量，同时，也使自己很好地脱责。这是一种更深的不公，在貌似为梁庄人鼓与呼的悲愤中，梁庄再次失去其存在的主体性和真实性”。

对梁鸿而言，梁庄是一个记忆深处的沉重之物。通过《中国在梁庄》和《出梁庄记》，她将这种沉重之物释放出来，引起相当的反响，并收获很高的声誉，但她并没有因此就觉得轻快，或得意，相反，她感受到新的沉重。《艰难的“重返”》是一次严厉而准确的自我审视，她不再企图为梁庄之沉重找到某种确切的原因，抑或出路。推动巨石上山，再看它轰隆隆地发出惊天动地的坠落声响，她有点厌倦于这样略显虚妄的反抗者角色，也许巨石的命运就是在谷底，而她应当成为谷底的守护者，在放弃将巨石推向世界之后，世界反倒或许会缓缓地向巨石涌来，按照万有引力的原则。

《神圣家族》，或《云下吴镇》，这当代文学中难得一见的小小杰作，也就诞生于这样诚实的决心和崭新的实践中。

3

仅仅从某种构建“文学地域”或“文学故乡”的角度，并不能触及《神圣家族》的特殊之处。八十年代以来的当代中国小说中，已经有了太多“文学地域”，在大多数情况下，它们的存在只是源自某种懒惰和取巧。当莫言宣称，“福克纳的那个约克纳帕塔法县始终是一个县，而我在不到十年的时间内就把我的高密东北乡变成了一个非常现代的城市”，我们会觉察出某种非常古怪和熟悉的气味，无数曾经形形色色的中国小县城似乎就是在这样富有气魄的宣言中走向面目模糊和丑陋的现代化的。“变成了非常现代的城市”的高密东北乡，已经抽空了原有的内核，成为某种面向世界讲述中国故事、完成“文学王国”建设的成功学案例。

梁鸿似乎志不在此。在一篇有关《神圣家族》的创作谈中，她说：“我并不想让‘吴镇’本身具有过于本质的意义，我并不想让地域性成为叙说它的起点，只是一种必要的空间和形态。人有所依附，有所生长，背后有天空、大地和气息，它们一起参与了人的发生发展，但都只是元素，最终我们看到的还是这个人。”

要从人的角度，而非地域或乡土的角度，去感受梁鸿的这部吴镇小说集。我喜欢这部小说集里的人，他们每个人都在大声而响亮地说话，用各种方式。我们听见奶奶婶婶围着村支书吴保国吵架，听见老单身汉许家亮眉飞色舞地冲着大伙宣布自己上访的路线图，听见医生毅志家的姊妹妯娌一边包饺子一边闲聊镇上的风流韵事，听见胃癌晚期的张晓霞在病床上骂天骂地骂所有辜负她的人，听见少女海红落在雪地上的眼泪，我们甚至听见巨大的沉默，一声不吭的圣徒德良端走在夜晚的街巷河坡，收集吴镇深处的声音，甚至，我们听见死者的声音，她们前前后后地躺在河水之上，笑着诉说各自的命运。

他们不再是活在知识分子焦虑眼神中的、黯淡弯曲的木刻，也不再有义务背负某种时代象征或道德寓意，他们无需病相报告式的分析，更不屑成为某些小说家陈旧历史观和主题先行论的工具。那喧嚷沸腾的十字街市，闹哄哄的酒桌，各怀心事的床榻，和那些吴镇的草木、道路、清真寺、教堂、拐角楼一起，和乌云以及深藏在云朵之后的阳光一起，构成自然的一部分。画鬼容易画犬马难，相较于百年汉语小说中太多鬼魅似的乡土人物，吴镇里的生命，虽然也似乎黯淡平庸，但那都是白天的生命，在发光的云层之下。

4

《神圣家族》中共有十二篇“吴镇”故事，每篇大体以一两个人物为核心，又不拘囿于此。在这部小说集还没有动笔之前，梁鸿曾在文章中略微提及芦焚的《果园城记》，一部二十世纪三四十年代出现的、同样描写河南中原乡土的文学珍品，其文体上的散点透视与抒情叙事杂糅，或许对梁鸿亦有影响，但比较一下它们之间的差异或许更加有益。

在《果园城记》中，作者如同一个影子，一点点滑过那些曾无比熟悉的人与物，看着他们正无可挽回地走向衰颓，看着他们深陷于命定的沉沦气氛之中，那些青春和梦想都成为“瓶香”般的回忆，袅袅不绝，与此同时，作者在沉痛中又力求自持，他期待做一个说书人，十八篇“果园城记”似乎就是一篇说书，说的是古老小城的白云苍狗。这种把现实生活视为有距离的历史，以一个旁观者的态度加以冷峻审视的做法，后来在林斤澜乃至寻根文学那里都得到了更为集中的表现。

然而梁鸿并不满意于此种“异域的、俯视的眼睛”，虽然我们的乡土百年来似乎一直被这样的眼睛所观察和描述，但梁鸿隐隐约约期待的，是“村庄、农民、植物具有主体性、敞开性，并拥有自我的性格和逻辑，获得和作者平等的视野甚至对抗性”。《神圣家族》的写作可以说就萌生于这种对乡土文学史和乡土本身双重浸润后的反拨。

散点透视、集腋成裘的小说文体，中西皆有，在中国，是《湘行散记》《呼兰河传》《果园城记》；在西方，是《猎人笔记》《都柏林人》《小城畸人》《米格尔街》，等等。但《神圣家族》的特别处在于，透过这种一眼望去似乎就可以立刻归类的标志性文体，它里面几乎每一篇又具有一种独特的、与某个文学传统暗相牵连的特殊文体，这种独特性，源自其讲述的人物，和这个人物的精神气质乃至遭遇息息相关。比如开篇《一朵发光的云在吴镇上空移动》，写少年阿清，有向卡尔维诺的“轻盈”致敬之意；《许家亮盖屋》，则暗暗指向高晓声的《李顺大造屋》，却是完全另一种脱离了政治导向的自由自在；《肉头》写一群女人的围炉闲话，其多声部的形神俱肖，话题在不动声色中的跌宕翻转与收束，已接近乔伊斯《死者》中对一场大型圣诞聚会的控制力和感受力。

更值得一提的是《杨凤喜》一篇，写男女情事，表面上仿佛路遥《人生》的翻版，是一个男人在爱情和功名之间的艰难抉择，但越读下去，就越会发现没有那么简单，其中没有人是无辜的，也没有什么可堪批判的对象，更重要的是，也没有所谓好坏参半的“第三种人”。在《神圣家族》的作者这里，所有人都是相似的，他们就是在一团暧昧不明中生活，他们不是几种“经过整理的人性”的代言者。正如只有在人的眼睛里，麻雀才时而是害鸟时而是益鸟，在好和坏的知识教养背后，隐藏的是权力的眼睛。这一点，从尼采到福柯，反复申诉，几乎已成为一个健全的多元社会中的常识。现代文学的能量、意识以及机智，其实都来自对那经过权力的眼睛整理过的虚假生活的猛烈抨击，而小说家的天职，按照亨利·詹姆斯的说法，是去描绘那未经整理的生活，去想象和创造那缺失的真实世界。在那里，麻雀就是麻雀，土拨鼠就是土拨鼠，它们之间的碰撞不是善与恶、好和坏的碰撞，而是一个生灵与另一个生灵之间喜怒哀乐的碰撞。而在《杨凤喜》中，乃至《神圣家族》的更多篇章中，我们终于看到的，就是在当代小说中久违的、“未经整理的生活”。

当然，还有未经整理的死亡。《到第二条河去游泳》，写一个妇女在母亲自杀之后，也去跳河，在河中遇到一个个同样自杀的亡灵，她们一起有说有笑地沿河而下。我们可以想到《佩德罗·巴拉莫》，但它之于梁鸿，不再是某种先锋文学式的点金术和拿来主义，而是深藏在对人世悲苦欢欣的一体性认识中。

5

泪水和笑声的重力加速度，是相同的，它们应当同时抵达我们，或你们。那些致力于不愉快的二流小说并没有撒谎，只不过它们掩盖或无视了另一部分真实，为了效果。

尼采讲过一个法国人的故事。他说，“高贵的人甚至不会长时间地对敌人、对不幸、对不当行为耿耿于怀——这是天性强大的标志。这种天性中包含着丰富的塑造力、复制力和治愈力，还有教人忘却的力量。（这方面很好的例子，是现代世界的米拉波。他记不住别人对他的侮辱和诽谤，所以也不存在原谅的问题，因为他——已经忘记了）。这样的人，身躯一抖就可以抖掉身上无数的虱子，而在别人那里，这些虱子会钻进他们的身体”。

这也是类似《伊利亚特》那样早期人类的生命态度。那些英雄纷纷在尘土中死去，让人怜悯，却不仅仅只是为了让人难过。“苦难产生了歌吟，而歌吟带来欢愉。”文学，是对重力和记忆的接受，以及不断地克服，和欢愉。就像：

小丑在空中秋千上穿梭时，完全忘却了重力。

这句话，是从伊坂幸太郎的小说《重力小丑》里面摘录的。除此之外，关于这本小说，在我的笔记本上还留下另外一句：

真正重要的东西就要明朗地传达出来，就像背负之物越重，脚步就该越轻一样。

笑 声

1

我第一次接触詹姆斯·伍德的著作是在2015年，他写于2009年的《小说机杼》在这一年由黄远帆翻译成中文。这是一本很薄的书，大约三小时就可以看完，但或许值得喜欢小说写作和阅读的人每隔段时间就再花三小时重读一次。书名的原文是"*How Fiction Works*"，直译过来其实就是"小说原理"，但译者颇用心地选择"机杼"这个略微生僻的古词，可能也因为"原理"这个词在文学领域已经被污名化了，它立刻会让人联想到某种教科书式的，由本体、客体、主体、对象和价值之类元素所构成的枯燥存在。有一种通行的著名说法，是说大学中文系不培养作家，然而，诸如《文学概论》或《文学原理》之类的教材，无论是源自苏俄还是欧美，都不仅很好地完成了“不培养作家”的目标，还更进一步，摧毁了“批评”这门艺术，从而将公众与文学卓有成效地隔阂开来。

伍德《小说机杼》开头便提到约翰·罗斯金的《绘画原理》，他说，这是一本优异的入门级读物，罗斯金以批评家眼光带领艺术新手和好奇观众还有普通艺术爱好者，一步步走完创作全程。“罗斯金的威信，”伍德说道，“来自他的眼力，能看见什么，能看得多细，并且可以用文字把这种眼力传达出来。”伍德希望自己可以承担类似罗斯金在绘画领域所完成的工作，他觉得这样的工作在小说领域完成得并不令人满意。

我还想到其他领域的一些“原理”教材，比如《数学原理》《物理学原理》《自动控制原理》《电路原理》《软件工程原理》，等等，没有一个理工科领域的从业者可以摆脱这些原理，可以无视这些教科书就开始工作。

在每个领域，理论层面的原理和经验层面的实践都是紧紧缠绕在一起交替前行的，最精深原理的撰写者都是某种程度上的实践者。《费曼物理学讲义》是大学二年级教材，但它是由诺贝尔物理学奖获得者撰写的；面对名之为《数学原理》的著作，我们想到的作者是牛顿和罗素；而在音乐领域，最好的和声学原理教程是出自勋伯格之手。这样的例子比比皆是，唯独在文学领域，原理和实践的脱节乃至长久对立，却成为一种醒目、尴尬乃至于被默认的事实。在这样的状况下，文学就渐渐从其他各种科学与人文领域中被剥离出来，文学被贬至某个和性爱相似的蛮荒领地，其中实践者永远是第一位的，那些理论研究者自惭形秽，被视为无能力者。这也是被广泛征引过的乔治·斯坦纳那个隐喻的由来，“当批评家回望，他看见的是太监的身影。如果能当作家，谁会做批评家……批评家过的是二手生活。他要依靠他人写作。他要别人来提供诗歌、小说、戏剧。没有他人智慧的恩典，批评无法存在”。

我觉得乔治·斯坦纳的说法是错误的。批评家的确依靠他人写作，但作家也同样如此。没有古希腊和古罗马人的著作就没有蒙田，没有卢梭就没有浪漫派作家，没有里尔克和歌德，也就没有冯至的《十四行集》……事实上，没有他人智慧的恩典，不仅批评无法存在，整个文明也无法存在。

2

文学，在其原理和实践两个方向上的特殊撕扯，恰恰从反面证明了文学批评的艰巨性和必要性。文学批评需要用“文字”去描述、阐释，这种与所描述对象共享同一种媒介的特质，是其他绝大多数领域的理论著述都不曾拥有的：对文学之外的诸多领域而言，文字只是工具，不是对象，但对文学而言，文字既是工具也是对象，既是因也是果，既通向一切自然和精神的实在领域，又收束停留于文本的虚构空间中。文学批评的这种被伍德称之为“独一无二”的“伟大特权”，也恰恰构成一种“不可能性”，它敦促每一个文学批评写作者找到文学自己的语言去和文学对话。

如果现有的对于文学的理论性批评不能使我们满意，那只是因为我们采取了种种错误的、非文学的方式在批评文学。

威斯坦·休·奥登区分过三个世界，日常劳作的世俗世界、崇拜祷告的世界和笑声的世界：

相较于日常劳作的世俗世界，笑声的世界与祈祷者的世界要相近得多，因为这后两个世界里人人平等，在笑声的世界里我们作为种族的个体是平等的，在祈祷者的世界里我们作为独立的人是平等的。而在劳作的世界里，我们却不是平等的，也不可能平等，多样化和相互依赖是我们唯一的存在方式。……令人满意的人生，无论是对个人还是集体来说，都只有在对这三个世界都报以尊重的前提下才可能实现。没有祷告和劳作，狂欢节的笑声显得丑陋无比；没有笑声与劳作，祷告就不过是诺斯替派的呓语，站不住脚，傲慢伪善；而抛却笑声与祷告，光凭劳作生活着的人，会变成渴望权力的疯子，变成试图奴役自然以满足眼前欲望的暴君。（奥登《关于不可预知》）

如果在奥登这三位一体的世界中请他给文学一个位置，我想，他一定会将文学纳入笑声的世界。与文学相比，笑，是一种纯然的实践吗，抑或也有它的原理？笑可以被解释吗？

要像对待笑声一样对待文学。而文学批评所做的实际工作，实则近似于去描述笑的原理，去解释一个笑话。通常，人们会认为笑话是难以分析的。E. B. 怀特的名句：“幽默固然可以像青蛙一样被解剖，但其妙趣却会在解剖过程中丧失殆尽。”代表着大多数人对于笑的看法，同时也是对于文学批评的看法。

3

昆德拉解释过一个犹太谚语，“人一思索，上帝就发笑”，他的用意并非要借上帝之名嘲笑“思索”，只是嘲笑思索的偏执，“因为人从来不是他以为是的那样”，而意识到人们对事物和自我的观念性描述和事实之间存在某种错位，如叔本华所言，这是笑声的基本动因。因此，为避免出错，人不应该仅仅独自思索，他需要借助他人的纷繁多样的智慧，需要通过另一些视角来审视他人，也借此审视自我。昆德拉认为现代小说艺术就来自这样对于人的洞见，小说家藉此领悟上帝的笑声并萌发其在人世的回声，它既是纠正也是理解，是反抗也是接受，是自主的也是博大的，“小说的智慧与哲学的智慧不一样，小说不是从理论精神中产生而是从喜剧精神中产生”。

伍德相当赞赏昆德拉对于小说艺术的谈论。他出版于2004年的文论集《不负责任的自我》有一个副标题，“论笑和小说”，谈论一系列现当代小说，可以视作对昆德拉的拓展与深化。他在这本书开篇的引言中说：

喜剧像死亡和性一样，经常获得的评论是“不言而喻”。经常有人定期出来宣告，喜剧真的难以言喻或无法解释，谈论喜剧徒增有害的噪声。特别容易遭受奚落的是对喜剧一本正经的批评，因为最可笑的事情莫过于严肃对待笑话。这些抗拒批评入侵喜剧的人往往也声称难以真正谈论诗歌、音乐或美学观念。

这些人似乎太害怕自我意识，或者说太不相信言词，尤其不相信阐释的可能。

伍德相信“批评有能力谈论许多事情”。随后，作为例证，他为我们精彩地阐释了一个他所听过的老笑话：一个诗人给另一个诗人倒上一杯酒，后者有气无力地声称，“我必须戒酒，我现在一点儿也不喜欢这东西”。第一个诗人回答道，“对，我们没有人喜欢这东西”。在他阐释之前，这个笑话仅仅只是一个笑话，在阐释之后，这个笑话的魅力没有减弱，反而增加了，成为人类同情心和意志自由的一个样板。

4

一个好笑话是经得起分析的，好小说亦然，但这种分析应当是庖丁解牛式的，而非指鹿为马。在《被背叛的遗嘱》里，昆德拉以海明威《白象似的群山》为例，展示过这两种迥然不同的分析。

首先是他自己的。他细致地揣摩海明威那些简短微妙的男女对话，“令人惊奇的是，读者可以根据这番对话想象出无穷无尽的故事来”，其中，人物性格是多样化且不确定的；他看到海明威力图“抓住真正对话的结构”，以此寻找“失去的现在”，它来自现实生活，不同于戏剧对话，且又被小说家赋予了一种清澈、漂亮的形式，如同流逝的时间被攫取，并凝固于小说文本创造出的空间。

第二种分析，取材于美国文学教授杰弗里·梅耶斯论海明威的一篇文章。在这种类型的分析中，小说变成一次社会道德和社会问题课的案例；小说被视为作者个人生活的折射；原小说独特的美学特点（反心理主义，非戏剧化）被取消，取而代之的是教授自己在简化的情节复述中重新创造的另一部平庸小说：“一个自我中心主义的男子正在强迫他的妻子堕胎。”通过连续与陀思妥耶夫斯基、卡夫卡、圣经、莎士比亚进行比较，这被教授创造出来的另一部平庸小说被证明依旧是伟大的，并解释了教授本人对它的兴趣。

我们即便没有读过美国文学教授的原文，对这第二种分析模式也不会陌生，它就充斥在我们周围，像被不断生产出来的一个个老笑话，共同来自对小说的描述和小说本身之间的持久错位。

5

笑话之所以能被分析，是因为它一直都是理智与智慧的产物，它诉诸人类共有的理解力，如同悲剧诉诸人类共有的同情心。对笑的抽象原理的研究和总结，自亚里士多德到霍布斯、叔本华、克尔凯郭尔再到柏格森和弗洛伊德，一直是哲学家关心的话题。与之对应的，小说家虽然也关注哲学家的总结，但他更关心具体的笑与泪，具体的由一个个细节和字词织成的悲喜剧之毯，而文学批评要做的工作，是将其完好无损地拆开。某种程度上，优秀小说家和优秀批评家分担了珀涅罗珀的白天和黑夜，糟糕的批评家则好比那些求婚者，他们急于占有珀涅罗珀，而不是首先理解她的劳作。

借助塞万提斯和拉伯雷，昆德拉发现了小说特有的喜剧精神，具体而言，就是对相对性、复杂性和反抒情的坚持，小说家以此抗衡世俗世界和政教世界的威权。伍德则进一步，将拉伯雷剔除，将莎士比亚召唤进来，他更关心的，是十九世纪末至二十世纪小说中出现的一种新的“神奇创造”，他称之为“不负责任的喜剧”：

> 我们的内心生活深不见底，也许只有部分向我们敞开，这种小说观念必然创造出一种新的喜剧，基于对我们难以理解之物的管理，而非基于对我们所有知识的掌控。（詹姆斯·伍德《不负责任的自我·引言》）

明白“我们的内心生活深不见底”，不同于昆德拉所谓的“知道没有一个人是他自以为的那个人”（参见《帷幕》），后者将深渊简化为对深渊这个存在的“知道”，再往前一步，就是价值虚无和“庆祝无意义”，令一切（包括最珍贵之物）都只能悬停在“好笑”的半空。伍德将我们重新拉回生活的渊底，在那里，高高在上的嘲笑和反讽不见了，余下的是弗洛伊德讨论过的“带泪的笑的幽默”，但伍德精彩地将弗洛伊德的理论扭转，他说，真正的同情并没有如弗洛伊德认为的那样被笑所阻止和转移，相反，真正的同情因受阻而强化，并和笑声奇异地混合在一起，这种悲欣交集的混合是诸多现代小说最动人心魄之处，契诃夫和赫拉巴尔的故事就是这样运行的。

6

有两种笑，嘲笑和微笑，小说家借助它们完成其对于人世的纠正和宽恕。批评家同样借助这两种笑声，把我们带回文学的现场。

一个永远微笑的批评家，会令人怀疑他的真诚，但一个只会嘲笑的批评家，也会令人觉得无趣。在《不负责任的自我》一书中，我们有幸目睹微笑与嘲笑的健全的结合，伍德剖析很多心仪小说家的精妙之处，感同身受于他们满怀哀伤与同情的微笑，这不妨碍他尽情嘲笑另一些名不副实的作家。

他痛斥汤姆·沃尔夫的肤浅，但引发他痛斥的，是一种意识到这个作家被赋予“实际上不具有的美德”之后的道德义愤。

假如沃尔夫不是漂浮在得意之海，假如媒体没有为他戴上狄更斯传人的花冠，所有这些本来不值一提。

沃尔夫的小说只是表面像狄更斯的小说，它们不是文学性的小说。尽管它们体量庞大，扭曲的情节不断克隆，但它们的野心不过是简化的管理。所谓的“现实主义”，沃尔夫指的是可辨识的现实。他的人物都是类型化人物：每个人代表了某种普遍性。……他故意嘲笑和丑化人物，使他们更加典型。但这样一来，他们只是古怪的典型，他们做不到的是成为个体。他们只是皮肉之相，没有精髓，软弱无力。沃尔夫冲向人物描写亮闪闪的极端，总是忽略微妙而迷人的中值。

沃尔夫和与他类似的作家呼吁的“现实主义”，总是关于社会的现实主义，不是关于人类情感、动机和秘密的现实主义。因为情感的现实主义认识到，人的故事总是差异的结合点，不是非黑即白，不是非此即彼。但是，沃尔夫的人物只有简单性……沃尔夫的人物一次只有一种感情，他们的内心生活像自我单调的叮当声。

把这类写作当作文学加以接受是危险的，不是因为任何人会将之与生活混淆，会认为“生活就是这个样子”，而是因为读者读到它时可能会想：“文学就是这个样子。”

文学并非如此。伍德愤而捍卫他心爱的文学，而他的愤怒是以一系列极其饱满和准确的文学描述与修辞来呈现的。他以同样的愤怒呈现拉什迪的小说：

> 这种漫画式写作，一直是拉什迪职业生涯中的缺点，但却多年来一直被幸运地吹捧为“魔幻现实主义”，其实真正该叫“歇斯底里现实主义”，这只能证明他没有能力写作现实主义小说……由于拉什迪华而不实的风格影响很大，需要反复澄清的是，那样的生动不是有活力的生动，事实上，它代表了对真正活力的畏惧。

在此刻，文学批评，是通过讲述一个有关文学自身的、皇帝新衣般的笑话——那些被媒体吹捧的文学作品根本不是文学——来对文学实施有力的纠正。在这一刻，伍德回到了柏格森极其严厉的喜剧观中，即“笑就是清洁剂”。在审美领域，一个人是难以被另一个人所说服的，直到他突然自己意识到自己的可笑。

7

伍德热爱索尔·贝娄，称之为二十世纪美国最伟大的小说家，并仔细列举贝娄小说中的三种喜剧形式：思想喜剧，宗教喜剧和身体喜剧。他说，“阅读贝娄是活着的一种特别方式……贝娄的写作反复指向生命，指向生命的爆发”。在举了大量贝娄小说中的例子之后，他说，“我们突然吃惊地意识到，贝娄在教我们如何看、如何听，在教我们如何打开感官”。

而这些，其实也是伍德的文学批评所教给我们之物。在他最近的回顾性著作《最接近生活的事物》中，他提请我们注意，今天所谓的学院批评“归根到底是一个迟来的体制篡位者”，它只有短短不到百年的历史，对文学批评而言，还有一个更古老的“作家-批评家”的传统，这一传统从塞缪尔·约翰逊、柯勒律治、波德莱尔、伍尔夫、本雅明、朱利安·格拉克……直至布罗茨基、米沃什、昆德拉和大卫·福斯特·华莱士……绵延不绝，是这个传统为批评带来好的名声。但这种作家批评不意味着抗拒博学，相反，他引用肯尼斯·伯克的话，“批评的主要理想在我看来，就是利用一切能利用的”，为了抵达某种理想中的“视野一致性”——批评家、读者、作者共同分享一个创造性的整体，如同我们在最愉快的笑声中所感受到的那种分享。

在尽情嘲笑那些伪劣作家之外，他最令人叹服的，是涉及那些已被分析过千百次的经典作家的文章。我们对他所谈论的对象（比如莎士比亚或托尔斯泰）了解越多，就会越叹服他的才能。他是真正在谈论小说，同时也是在穿过这些小说去写作（writing through），而很多批评家只是在谈论自己，或谈论小说家希望他们谈论的东西。他写经典作家，也写当代年轻作家，在他的批评视野中所洋溢的那种平等感，也正是奥登所言笑声的世界和祈祷者的世界里共有的平等感，文学之于伍德，在笑声之外有时也意味着一种信仰。

詹姆斯·伍德 1965 年出生，30 岁时离开英国去美国，因为他娶了一位美国小说家为妻。他写作《不负责任的自我》时 39 岁，已被公认为最优秀的在世批评家。想一想，他现在也只有 52 岁，《最接近生活的事物》是 2015 年刚刚完成的新作，这位批评家活在我们同时代，单是这么想想，就会觉得愉快和振奋。阅读他的书是一种幸福，这种幸福是类似于斯多葛式的，知道万物和人是可以被理解的，无论如何。

尽　头

1

在《你一生的故事》这篇小说的后记里，特德·姜简单交代了他的创作初衷，来自对现代物理学变分原理的喜爱。小说中也呈现了变分原理最简单的应用，即费马最少时间原理。一束光在水中发生折射，传统的解释是说，因为光在传播中遇到不同介质，介质折射率的不同改变了光的角度。但费马原理则认为，这道光束，在它选定路径出发之前，事先就知道自己最终将在何处止步，并且在出发前就完成所有的计算，在所有可以选择的路线中选择耗时最短时间的路线。

小说家想象外星人七肢桶的思维方式，一如费马原理中假定光所拥有的思想：

“人类发展出前后连贯的意识模式，而七肢桶却发展出同步并举式的意识模式。我们依照先后顺序来感知事件，将各个事件之间的关系理解为因与果。它们则同时感知所有事件，并按所有事件均有目的的方式来理解它们，有最小目的，也有最大目的。”

这种预知未来并从一个更高维度把握从开端到终结整个过程的能力，看似神秘，仿佛要么属于不可思议的神，要么属于外星人，然而，作为小说写作者，特德·姜却明白，这种能力其实正是一代代小说家所固有的隐秘能力。为了阐明这一点，他引用冯内古特在《五号屠场》二十五周年纪念版前言中的话：

“斯蒂芬·霍金认为我们无法预知未来很有挑逗意味。但现在，预知未来对我来说小菜一碟。我知道我那些无助的、信赖他人的孩子后来怎样了，因为他们已经成人。我知道我那些老友的结局是什么，因为他们大多已经退休或去世了。我想对霍金以及所有比我年轻的人们说，耐心点，你的未来将会来到你面前，像只小狗一样躺在你脚边，无论你是什么样，它都会理解你，爱你。”

2

小说家，就是那些先我们一步走到事件尽头的人。而对于尽头的不同理解，也会将不同的小说家区分开来。

一种小说家认为尽头就是某种类似秘密宝藏的终极存在，他抵达那里，口袋里揣着真理的宝石回来，叮叮当当地诱导着读者跟随他重走一遍，一路不断地丢出来几块，用因果律维持住读者的兴趣，在小说的结尾处，小说家抛下最大的也是最后的那块宝石。这种小说，也就是加缪在《西西弗的神话》中提到过的所谓主题小说，“即以证明为目的的小说，是所有作品中最可恨的，它最经常地受制于一种自满的思想，人们揭露他们认为已经掌握在手的真理”。

对这种主题小说思维的娴熟，导致当代中国小说家的创作谈普遍优于创作，小说家们也会相互以此取笑，但又无可奈何，因为他们时常臣服于一种来自普通读者、资深文学读者和评论家的共同压力，这压力，弗兰纳里·奥康纳在题为《小说的本质和目的》的精彩演讲中曾经予以生动准确的表达：

人们总习惯这么问："你的这个小说的主题是什么？"他们期盼你给他们一个标准答案："我的这个小说的主题是机器发明以后，中产阶级需要面对的经济压力"或诸如此类的胡扯。当他们得到这样一个答案后，他们就会心满意足地离开，而且觉得再没有必要读这个小说了。

但这并不意味着，小说不需要主题，或者说，小说的主题不重要。奥康纳在那篇演讲中随后提到了亨利·詹姆斯，要知道，亨利·詹姆斯是最重视小说主题的作家之一。他曾经有言："主题就是一切——主题就是一切。"

在这里，这被重复两次的"一切"，是一个名词，而非形容词。对奥康纳和亨利·詹姆斯而言，主题的重要性恰恰在于它是不可被稀释被提炼的，或者说，是不可被直截了当地加以处理的，无论是揣在兜里或撒在路上。

小说家必须先我们一步走到某个尽头，但却势必两手空空地回到开端，带着对于主题的信念和因其复杂性而产生的犹疑，在叙事中重新开始。作品的主题（或尽头）就是最终在叙事中构成的这部作品本身，一个埃舍尔意义上的新空间。对此，布朗肖曾一语道出詹姆斯小说艺术的精髓：让整个作品随时在场，用叙事的无限轻盈去反复对抗主题的坚固成形，宛如螺丝一点点在拧紧。

回想一下费马原理中的那道光，在预先探知尽头之后，它回到原点，开始测算所有可能的道路。

3

尽头因此不等于结尾。小说都需要一个结尾，读者需要结尾来赋予作品意义，但结尾往往是虚假的，大量的小说之所以有结尾，只因为小说家写得不耐烦了，他想赶紧结束这该死的一切，让某个人死掉，让一段关系终止，他想离开这部旷日持久令他筋疲力尽的小说。更普遍的境遇是，仅仅是某段不可磨灭的岁月和经历激发了小说家的写作欲望，但他一旦开始写作，却不能随心所欲地停止，他往往始于诚挚，却终于虚伪，像是被什么比他更强大的东西控制住了一样。

相对于长篇小说而言，短篇小说对于结尾的要求更为随意。科塔萨尔视现代短篇小说为一个封闭的球状体，既然如此，结尾又是这个球状体上的哪个点呢？科塔萨尔说，“结尾像开头一样都包含在最初的那个凝固体里”。这让人想到米开朗基罗对于《大卫》这尊雕像的议论，他只是凿去了多余的石头。

科塔萨尔更关心开头。他在访谈中自陈写作中唯一困难的，是开头，如果找不到合适的一段开头，他就无法启动。“对小说作者来说，如何开始常常比如何结尾更难把握。”格雷厄姆·格林也曾这么明确地说道，“……如果一篇小说开头开错了，也许后来就根本写不下去了。”而卡尔维诺，在《寒冬夜行人》中更是尝试制造出一种理想的小说，一部仅仅由一个又一个开头构成的小说。至于结尾，严肃的小说家往往交付于作品本身，他们是结尾和世界的充满疑虑的旁观者，而不是操纵者。

当然，另一方面，如弗兰克·克默德所说，“在某种意义上，这些传统的（对结尾）期待必须得存在，为的就是让人们去挫败它们”。

4

挫败它们，回到事件的开端。

小说叙事一旦启动，如布朗肖所言，本身就构成事件，是面向事件的一次出发。而事件，意味着偶然、从无到有，不可预知和不可归因，也就不受日常生活的因果链条束缚。因此，小说原则上可以从任意处开始。比如《变形记》中，格里高尔·萨姆沙醒来发现自己变成了甲虫，卡夫卡不需要去解释他变成甲虫的原因，他只需要讲述之后发生的事。这种朝着新世界推进的写作方式，并非寓言小说或荒诞小说所独有。以推理小说闻名于世的雷蒙德·钱德勒，就曾经在笔记中谈到他对故事的看法，“如果你要写一个故事，说一个人早上起来时有三只胳膊，那么这故事就不得不讲述多了一只胳膊后会发生什么事情。你不必对胳膊增加进行一番正当化处理。因为那个已经是前提了”。

弗兰克·克默德在《结尾的意义》一书中，也提及一个类似的观点：

人们认为一个行为的性质是由应该发生于该行为之前的一个选择性行为所决定的，而我现在却认为，对于任何行为的价值的意识其实是反思的结果，只能通过一种向前的想象，即一种反思行为，使它成为一种大致上先于那种行为的东西……这个小发现一经做出，与上帝的全能形成对照的人类的自由所具有的全部矛盾就会消失。

一种向前的想象，而非因果律，令无中生有突然降临的事件得以发展，并赋予其价值，使之得以被理解。接下来的问题在于，这种向前的想象到何处为止？在小说中，事件不可能一直停留为事件，它需要找到一个尽头着陆，成为一个有意思的故事，断裂和偶然也因此会转化成某种可被理解的连续性与必然，而对一部小说的考量，往往也在这里。

5

从令事件终止的角度，以及救赎或审判的角度，尽头才略等于结尾，结尾犹如确切的末日，每个人物的命运得以彰显，或得以顿悟，读者发出满足或不满足的呻吟，如庭审席上的观众。但如果从虚无的角度呢？根本不存在所谓最后的判决，没有谁有能力给出启示，不存在确切的、堪作标志的终点，而尽头，仅仅意味着无限，意味着从有理数一脚踏入无理数的浩瀚虚空。

舍斯托夫曾对莫泊桑和契诃夫的小说艺术加以比较，“莫泊桑常常手忙脚乱地试图挽回自己的牺牲品。莫泊桑笔下的牺牲品尽管不计其数且残缺不全，但仍一息尚存，而在契诃夫手中一切都已死去了……契诃夫在自己差不多二十五年的文学生涯当中百折不挠、乏味单调地仅仅做了一件事：那就是不惜用任何方式去扼杀人类的希望”。

如今，奉契诃夫为典范的当代小说家和小说读者不计其数，但他们中的绝大多数，内心遵循的依旧是莫泊桑式的教义。

然而舍斯托夫所指出的契诃夫的虚无，并非一种通常称之为虚无主义的时代病。在今天我们所能看到的大量来自年轻作者的小说中，虚无不过是牛仔裤上人为撕扯出来的破洞，一种反向彰显个性和逃避心智生长的技巧。在契诃夫这里，在意识到一切旧思想和旧希望的无效之后，他从晚年托尔斯泰那里汲取到一种诚实表达的力量，即诚实地面对人类生活的变幻莫测和奇异怪诞。重要的不是独创性，而是斗争，为了这斗争，你需要先返回到人类为了安全起见已经筑起的一道道思想围墙面前，理解它们，并“以头撞墙”；重要的也不是破坏，而是创造，从斗争的疲惫尽头处现身的无限虚空出发。

6

可以把小说家的这种朝向尽头的斗争与创造，与现代数学家企图把握“无穷大”的努力相并列。

大卫·福斯特·华莱士，一位从其擅长的数学和哲学领域毅然走向虚构领域的作家，曾写过一本名为 *Everything and More: A Compact History of Infinity*（中译为《跳跃的无穷——无穷大简史》)的科普著作，这本薄薄小书的核心，是“无限”这个概念，以及数学家康托尔，集合论和超穷数理论的构造者，一个企图抓住“无限”的人。

在数学领域，无限（∞）被分为两种，无穷大和无穷小。想象一根数轴（1、2、3、4……），一方面，在每个可以被写出的数字之间，还存在着无穷的、不可被确切数出的数字（也就是类似$\sqrt{2}$这样的无理数）；另一方面，在数轴的末端，是无穷大，同样没法数出的数字。也就是说，这根看似光滑的数轴，中间有无穷个窟窿，末端也不知所终。关于这些，只需要小学数学知识就可以理解，但我们的头脑理解这种无限，并不意味着我们就能够准确具体地在纸上画出这些无限，以及这些无限之间可能存在的差别。华莱士说，绝大多数人只是具体地处理各种事情，而非“清晰明了地知道”每一件事情。

微积分就是这种“处理”而非“知道”的典范。它将无穷大和无穷小引入数学运算，但在微积分中，所有来源不同的无穷大（或无穷小）变量，最终是被模棱两可地视作一个相同的常量，或者更确切地说，它像极了一个我们为了处理具体生活而借来一用的概念（如同上帝、爱、真理、正义或者美），可以帮助完成一些漂亮的运算，处理具体生活的困惑，但在运算完成之后，就被丢弃在一边。对于无穷大或无穷小具体为何，我们依旧一无所知，如同我们对于上帝、爱、真理、正义乃至美的认识一样。在这个意义上，微积分在后来数学家那里引发的不满，近似于习俗和观念在一代代严肃小说家身上所引发的不满。

我对你的爱，不同于他对她的爱，这无法像微积分运算中两个无穷量之间那样可以假定地加以置换；同样，我对于历史、无限、尽头或美的认识，也不同于你的，虽然我们都在谈论同一个词。小说家在事件的尽头，看到的就是这种每个人与每个人之间最终的无法沟通，但他却要用每个人都能够理解的文字，去写作，去表达横亘在人与人之间的那些深渊般的情感。

这，几乎就是数学家康托尔试图用集合的确切形式去描述“无穷大/无穷小”的、不可能完成的工作。最终，这或许就像华莱士那部长篇小说的书名所暗示的那样，是一个“无尽的玩笑”。

7

Everything and more.

意识到每一个人、每一件事情和物质，乃至每一个词，每一个句子，都不可独自地彻底地呈现，都携带一个更多、未知的东西。这是写作的前提。

这种极限体验，超越性的又是具体而微的艰苦认知，不单单存在于小说和数学中，也存在于诗中，甚至，它就是文学本身。

“在诗中，每一个事物是以其他事物的方式出现的。每个词语都超越它原先的意思。”（特里·伊格尔顿《如何读诗》）

“诗允许我们活在我们自身之中，仿佛我们刚好在自己能把握的范围之外。”（马克·斯特兰德《论成为一个诗人》）

“康拉德说过他作为小说作家的最高目标是尽最大可能再现可见的寰宇。这听起来野心勃勃，可实际上极尽谦卑。这意味着他每时每刻都让自己受制于现实的局限，对他而言，现实并不简单等同于可见的那一面，他致力于再现可见的寰宇是因为这里边有一个不可见的寰宇。”（奥康纳《小说的本质和目的》）

8

数学家康托尔最后发疯了。但关于他的疯狂，我觉得没有什么比华莱士在《跳跃的无穷》的一个脚注里所表达得更为准确：

在现代医学看来，非常清楚，康托尔遭受的是躁狂抑郁病。当时没有人知道这是什么病。而且，康托尔在事业上承受了比他所应得到的更多的压力和失意，加重了时好时坏的这种病。当然，这种解释没有“试图征服∞而被逼疯的天才”之类的瞎说有趣。然而，事实是康托尔的工作及其背景是如此吸引人，如此美丽，以致不需要把这个可怜的人的生命说成像普罗米修斯那般。真正有讽刺意味的是把∞看作某种禁区或通往精神错乱之路。这种看法非常古老，影响很大，笼罩了数学两千多年。但正是康托尔自己的工作颠覆了它。说∞使康托尔发疯就有点像哀悼圣乔治被龙杀死一样：它不仅是错误的，而且是带侮辱性的。

有两点值得注意。一、这段有关一个天才对另一个天才生命遭际的动人理解，是被放在脚注里的，而这是最恰如其分的做法，因为它与他们毕生为之的工作无关。与他们面对工作时的严肃清醒相比，真正陷入精神错乱的，是大众。这条脚注只是对于大众特有的精神错乱的一种顺带回应。二、华莱士本人日后也陷入类似的疾病之中，因此这段话也可以看做他对自我的认知和剖白，以及一切在面向尽头的写作征程中陷入疯狂和失语的现代作家的自白。

也正是在这个意义上，恩里克·比拉-马塔斯的那本饱受文学青年喜爱的《巴托比症候群》，就显得有些轻佻。马塔斯搜集了大量杰出作家陷入写作困境的案例，借用梅尔维尔笔下那个总是“宁愿不做”的巴托比的形象，他构造了一座“不”的迷宫，无数的作家身陷其中，在生命的后半程触碰到“无限”的幽灵，从而放弃写作，自我厌弃，以否定和拒绝的姿态面对世界和文学。

倘若从华莱士对待康托尔的方式来看，马塔斯正是把本来应该放在脚注里的文字变成了堂而皇之的正文，他不去分辨令这些最终说“不”的作家之所以杰出的、各自不同的“是”，而是用生命尽头的类似遭际去覆盖千差万别的工作，他因此所得出的结论，很可能就类似于一个仅仅通过小说结尾去理解小说的读者能够得出的结论，而他所探寻到的“不”，很可能也就类似于微积分中所设定的那个面目模糊的“无穷小/无穷大”，一个让普通人心满意足的常量。我们没有抵达任何新的认识，除了得到一种失败者所需要的天花乱坠般的安慰。

在《巴托比症候群》的结尾，马塔斯讲述了托尔斯泰晚年离家出走，倒毙在小车站休息室的著名轶事，作者以之为“对写作说不”的巴托比症作家们的收束——“这次奇怪的逃离举动，象征他终于领悟，所有文学都是对自我的否定”。但是，关于这个故事，在什克洛夫斯基的《托尔斯泰传》里有另一种记载：

八十二岁的托尔斯泰在清晨五点坐上马车离开了家。他途中来到一个修道院。“马车是从边门进去的，穿过了老院门，修道院里面有客栈、教堂。车子停在客栈旁边。管理客栈的米哈依尔神甫，长着棕黄的、几乎红色的大胡子，言行举止亲切和蔼。他给了一间宽敞的房间，放着两张床和几张宽大的沙发。列夫·尼古拉耶维奇说：‘多妙啊！’他马上坐下来写东西。”

多妙啊！托尔斯泰在尽头处的工作颠覆了有关尽头的故事。

离　心

1

在《说文解字》里，“离”是一种鸟的名字。离者，离黄也。离黄就是现在所说的黄鹂。我从小只养过一次鸟，记得便是黄鹂。它不知被谁捉来送给我的，连着笼子一起。我把它挂在屋檐下面，仰着脖子看它。它很沉默，总是不吃东西。傍晚的时候，另有一只同样的鸟在笼外徘徊，一边发出奇怪的叫声，一边用嘴使劲地啄着雕花的木笼。我当时很高兴，因为有两只鸟可以看。这样过了几天，它死了，它也没有再来过。

我并没有什么伤感，小孩子总是残忍的。我依然可以在清早大声地诵读，“两个黄鹂鸣翠柳，一行白鹭上青天”。至于它是如何鸣叫，我并没有好奇地想知道，也没有问过，为什么是两个黄鹂，而不是一个或者三个？

黄鹂，其实也就是黄莺。它代表着春天最盛大的时节。“暮春三月，江南草长，杂花生树，群莺乱飞。”在古典诗词里，它的地位相当于活跃在西方诗歌里的夜莺，但它比夜莺要来得亲切。因为它是白天的鸟儿，是春天明亮日子里的鸟儿。它往往不代表爱情，因为爱情总是过于激烈，它其实代表的是平凡但明媚的日子，以及对这种日子的思念。“打起黄莺儿，莫教枝上啼。啼时惊妾梦，不得到辽西。”错的不是莺儿，是来了又去的春天。

2

汉字中，常有一字兼正反两义的例子，比如“易”字，就兼具“不易”和“变易”二义。而更为人所津津乐道的，以钱锺书《管锥编》所言“息”字最为有名。“息”字兼“生息”和“止息”二义，前者如贾谊《鹏赋》云“合散消息兮，安有常则”，这里的“息”便与“消”相对，乃生长之义；后者则为我们今天最常用之义，如“休息”“姑息养奸”，再早点如《左传》中“王者之迹息”。钱锺书之前，此已是常识。然钱先生高明之处在于指出，这二义虽反，但亦并不矛盾，反倒有同时合训之妙。其合训之最佳例证，体现在易经“革”卦的彖辞上。“革，水火相息。”这里的“息”，单从正反任一义解，都不确切，惟有合起来看，才得其妙。这也就是《汉书·艺文志》所云：“辟犹水火，相灭亦相生也。……相反亦相成也。”因为“反者，道之动也”，故而才可以“三生万物”。

然而单是正、反、合，并不能说尽天地的奥妙，若以为用辩证法便可以解释中国古典思想，实际上是把古典给简化了。朱光潜就曾经借克罗齐来指责黑格尔，说他混淆了“相反者”和“相异者”，有很多概念和事物并非绝对对立，而只是相异。一味强调抽象的对立只能是一种二元论，然后又强求一种于对立之中统辖宇宙的整一，这又走向整体主义，它作为信念和希望未尝不可，但付诸实施，便是近代以来系列大灾难的肇端了。

说这么多，只为烘托出一个“离”字。因为较“息”字的正反合训之妙而言，“离”字恐怕是更能体现汉字之深沉有情，其中不单有相反义，更有相异义，且一义与一义之间又草蛇灰线，似断实续。这“离”字一写出，恐怕就已是一首充满各种复杂隐喻和张力的诗。

3

“离”最早只是一种鸟，而“离”字保留时间最长和如今运用最广的意思——离开，是不是和鸟的飞走有关，我未做考证。但说到“离”字，一定是要从离开的意思说起，不管是鸟的飞离还是人的逃离。

时间在1992年拍摄过一部纪录片《毕业》（恰恰是我进入大学的那一年）。他把镜头对准在京的88级也就是92届毕业生，让他们在离开之前，尽情放肆地谈论学校、生活、爱情、性。话题不断深入，以几个不同学校不同专业的人为主，而更多的人也被卷入，而同时被卷进来的，还有那个时代的木吉他和民歌，以及车站上无数洒泪的眼睛。那是一个连工科学生都会大声背诵海子的年代，一个集体主义和理想主义的年代，那也是一个纯洁和严肃的年代。它让我想起我自己的大学时代，同样是那些破烂不堪却生机勃勃的宿舍楼，同样是那些刻在墙上门上的话语，那些留在衣领和皮肤上的名字，如今它们都已消失不见，只剩下一片虚空中的站台。

事实上，不是所有的毕业都可以打动人。在如今精致的个人主义的，需要通过网络、手机来和隔壁宿舍相联系的校园，没有血肉与灵魂的紧紧相连，没有把青春生命彼此交付的热情，毕业其实已经变成一场可有可无的秀，变成一声企图捕捉什么的哀叹。而事实上，打动一个人又何其容易，只要你们很认真地一起生活过，并且谈到离开。

4

因为离开，才会有过去。那些过去的东西在心里积久不散，就成了故事，就有了文学。因为离开，漫长的时间才被切割，划成一道道鸿沟，承受大河与血液的奔流，承受我们挽留的目光。西方文学有“逃离”的母题，一个人不断地从既定庸常生活中逃离，对抗、挣扎、绝望、狼奔豕突，如《月亮与六便士》或格雷厄姆·格林乃至爱丽丝·门罗……这样的小说绵延不绝；与此对照，在中国的古典文学中，“离开”却根本不是一个人为的抗争动作，而只是需要人去接受的命运，一如死亡。这种对于离开的长久注视，即回忆，也正是斯蒂芬·欧文《追忆：中国古典文学中的往事再现》一书基本的出发点。当年作为一个热爱中国古典文学的年轻异族，还没有改名为宇文所安的斯蒂芬·欧文敏锐地捕捉到中国古典诗歌里一种特有的美学主题，即“回忆”。在这个主题引导下，他从容轻捷地穿梭于历代诗文之中，使那些对我们而言因过于熟稔遂变得平淡的、散落在图书馆灰尘中的古典诗文，在“回忆”的聚照之下，重新带上了一种新鲜而感人的光彩。

从发生学意义上讲，未来是不存在的，真实存在的，只有过去和此刻。只是因为离开，此刻才不断地变成过去。我们永远在离开，虽然，有时候，这种离开要过很久才被此刻的我们所感知，就像此刻被我们看见令我们震动的星光其实多年前就离开遥远的星辰。因此唯一真实的，只有两种状态：离开之前和离开本身。那么离开之前是什么？是一个黄金时代吗？关于黄金时代的传说已经由来已久，并被每一个诗人吟唱，那如同黄金一般的明亮岁月。而令人惊讶的是，关于“明亮”的概念其实一直就存在于“离”这个字之中。

5

《易·说卦》云："离也者，明也，万物皆相见，南方之卦也。"我见到"万物皆相见"这句，心里便有大震动。比方说一个人绞尽脑汁想表达一些无可名状的感觉，却遇到这样的一句话，一下子便觉得天地澄澈，再无什么可说。

"万物皆相见"。该怎样解释这里的"见"字，或者说，其所"相见"的，是些什么?

我有个堂妹，有阵子好像是恋爱了，整个人一下子就散发一种收不住的光泽。她有天忽然跟我讲："不知怎么回事，我一闭上眼睛，就能见到他。"我就问她："他是谁?""我们班一个男生，个子很高的，篮球打得特别好。"我心下已明白，但还是忍不住要打趣一下她，"那你睁开眼睛就看不见他啦?"她撇撇嘴不再理我，丢下一句，"是啊，就看见你在这晃荡。"

胡兰成《今生今世》一书，印象里最好的是开头讲胡村的那几章。有一段讲养蚕，讲孵蚕时的安静。"蚕时是连三餐茶饭都草草，男人都在畈里，女人在楼上养蚕，小孩在大路上玩耍，家家的门都虚掩着，也没有人客来，墙跟路侧到处有蚕沙的气息，春阳潋滟得像有声音，村子里非常之静，人们的心思亦变得十分简洁，繁忙可以亦即是闲静。”分明那些男人女人和小孩是各自分开各忙各的，我却总觉得他们好像紧紧缠绕，热闹得不可开交。这真真是“繁忙可以亦即是闲静”，而不见亦是相见欢了。

“万物皆相见”。这“见”字如此便可以换作“感”字。而易经卦爻，乃至文学，亦都要从这个“感”字来看待。感而遂通天下。有对节气轮换之感，才有良辰佳节的行事；有对山川草木鸟兽之感，才有种种繁华和艳丽的人世。万物皆相互被感知，却互不挂碍，可以各行其是。于是这“相见”一词，便又有说不出的自由孕育其中。

我在想，黄金时代的明亮，一定就是那种“万物皆相见”的明亮，它的秘密其实一直蕴藏在“离”这个“南方之卦”中间。我不知道该如何讲述，只好抄一段讲述黄金时代与南方的文字在这里。它来自王小波《黄金时代》的末尾，每一段都是以“陈清扬说”开始的，那语句像是奔涌的激浪，一淘又一淘。其中有一段是这么说的，“陈清扬说，她去找我时，树林里飞舞着金蝇。风从所有的方向吹来，穿过衣襟，爬到身上。

我待的那个地方可算是空山无人。炎热的阳光好像细碎的云母片，从天顶落下来。在一件薄薄的白大褂下，她已经脱得精光。那时她心里也有很多奢望。不管怎么说，那也是她的黄金时代”。

卡伦·布里克森《走出非洲》里有一个我很喜欢的段落，讲述的是认真生活过并被赐福的生命，以及痛苦和欢乐如何寄放在万物之中。“雨季后的几个月里，那凉爽无云之日，令人回想起大旱的灾年。在那些日子里，吉库尤人常把他们的牛放在我房子周围吃草。他们中有一个男孩，随身带着笛子，时不时地吹奏短曲。当我又一次听到这种曲调，不由记起过去的某一时刻——痛苦与绝望交织的时刻，泪水渗着咸味的时刻。可同时，我又在这笛声之中惊喜地听到一支充满活力、格外甜蜜的歌。莫非是那些艰难岁月蕴含着这活力和这甜蜜么？那时，我们都正年轻，洋溢着满满希望。恰恰是在那些漫长的时日里，我们所有的人融成一个整体。将来就是到了另一个星球上，我们互相都能认出来。那里万物都互相呼唤：自鸣钟和我的书本在呼唤，草地上瘦骨嶙峋的牛群和哀伤的吉库尤老人在呼唤：‘你当年也在那里，你也是恩戈庄园的一部分。’那个灾年终于赐福于我们，又流逝而去。”

6

我前面所说的“离”，其实一直还纠缠于时间意义上的离开。那黄金时代的明亮，被时间的风尘所遮蔽，同时也被守护。一切消失之物，不会再次消失。这里有哀伤，却不致绝望。因为尚且还存在一种如斯蒂芬·欧文所看见的“追忆”的力量，维系着长河。而其实，还尚存另一种更为原始意义上的“离”，纯粹空间意义上的分崩离析，即“离散”之“离”。

三国曹植《七启》诗云：累如叠縠，离若散雪。这即便可以聚拢成形也会旋即散落的雪，是“离”这个字最古老的隐喻。直到二十世纪，才有西方人说出类似的意思：“一切都四散了，再也保不住中心。”叶芝这句诗名气很大，但换成中文，实际上就是一个“离”字。而我每次念及这句诗，想到的，只是散雪，以及一堆轰然倒塌的篝火。

记得以前读过村上春树一篇小说。在一个海边的小镇，总会时而有形形色色的不知从何地而来的漂流木，被冲上海滩，它们是篝火的最好材料。一个堪称篝火迷的老人，为之停下流浪的脚步，在这个偏僻的小镇住了下来。他喜欢时常点起这样的一堆篝火，在深夜的海滩。而且，他总是会打电话请两个朋友一起来观看这篝火。点篝火是一门技艺，粗圆木和小木条被巧妙地组合起来，俨然前卫艺术品般地高高堆起。当篝火真正燃烧起来之后，几个人便停止说话，静静地看这盛大的火焰。篝火燃烧的最后，总是会剩下一根最粗大的漂流木支撑着整个火堆，等到它一旦熄灭，整个艺术品也就坍塌了。

雪本有形，无所附丽而四散；火本无形，依附于木而集聚。但无论多么巨大的漂流木，总有焚烧殆尽的时候，那时一切仍将四散成灰烬。先圣仰观天文，俯察地理，遂知人世亦必得有所附丽，但依附何物，尚有讲究。这个道理，其实也在“离”这个字中有所蕴藏。“离，丽也。日月丽乎天，百谷草木丽乎地。”在中国文学传统里，日月运行，山川奔流与草木繁茂，这些也都是可以令人恒久依附之物。

离，是离散，竟也是附丽。抑或，离散和附丽也是合训的？

7

“人必生活着，爱才有所附丽。”这似乎是鲁迅《伤逝》里的名句，它看上去那么正确，但要记得它并不是鲁迅先生的话，而是涓生的话。

《伤逝》的第一人称叙事，不是夫子自道，而是一种小说家从对面揣想人物时所创作的爱的忏悔录，这从题记就可看出来——“如果我能够，我要写下我的悔恨和悲哀，为子君，为自己”。在子君冲破一切阻力和涓生相结合之后，面对共同生活的艰难困窘，子君选择为了爱默默承受一切劳作与自我牺牲。而缺乏生活能力的涓生，当他“仗着爱逃出这寂静和空虚”之后，面对没有想到的困难，却开始怀疑这困难是盲目的爱所造成的，他眼中渐渐只有爱人的缺点，并视这样的爱为羁绊自己的牢笼，甚至，他还自欺欺人地认为，倘若丢弃这份爱，不仅能帮助自己重归正途，也会帮助子君回返好的生活。

当鲁迅借涓生之口，说出“人必生活着，爱才有所附丽”的时候，他是在表达对整整一代人的痛彻心脾的讥嘲。这代人镇日吵嚷着要自由恋爱，却浑然不知爱为何物。是的，爱要有所附丽，但倘若爱不是如“日月丽乎天，百谷草木丽乎地”般附丽于某种恒久长存之物，而只是附丽于变幻莫测的生活，那这样的附丽就必然走向离散，这也是“离”这个字里蕴藏的古义，它本来就兼具离散和附丽这两个意思。在鲁迅看来，这样的离散，并非爱本身的无能，只是有些人无能去爱。

就在写作《伤逝》的同一年，鲁迅在一篇短文里曾斩钉截铁地写下过他自己对于爱的认知，“无论爱什么，——饭，异性，国，民族，人类等等，——只有纠缠如毒蛇，执着如怨鬼，二六时中，没有已时者有望。”（《华盖集·杂感》）

8

在物理学中，离心力是一种很奇怪的力，它其实是不存在的，只是一种惯性的表现。一定质量的物体总是具有一定的惯性，这惯性使它保持静止或匀速直线运动，当它受到另外一个指向圆心的力，开始做圆周运动的时候，它表现出来的样子，就仿佛它正受到一个远离圆心的力的驱使，而这只是幻觉，事实上，它只是受到惯性的驱使，它只是企图按照本来固有的轨迹运动罢了，却表现出一种对于向心力的抗拒。

我们可以把这种惯性，称之为生活，把引发晕眩旋转的向心力称之为爱。它们之间，在生活与爱之间，正如在惯性运动和旋转运动之间，不存在谁附丽于谁的问题，它们本就是源自不同物理参考坐标系的产物。因此，当一个人谈到离，他其实是在说，他终于感受到爱。

重　复

1

在当代中国小说家中，丁伯刚是极特殊的一位。他一直在重复着对于“重复”的探究。在他的小说中，每个人似乎都在重复某种痛苦的行为，起初是不自觉的重复，慢慢又可能演变为一种有意识的重复，人与人之间以各自的重复相互遭遇，这种遭遇并没有造成某种期待中的改变，相反，他们一同被裹挟入某种更大的重复当中。而他迄今为止的全部小说，也构成一种奇异的“重复”。

在《两亩地》中，吴建去江州一个叫作两亩地的村庄看望女朋友刘赛羽，偶然救助了因为打架住院无钱医治的地痞余细毛，结果反遭对方长期要挟勒索。这里面的有趣之处在于，被勒索者和勒索者都第一时间对自己和对方的处境洞若观火，也知道如何改变局势，但就是无力自己去改变。《生命不能承受之轻》中的托马斯在和特蕾莎发生一次短暂关系之后，呢喃着一句德国谚语，“一次不算数，一次就是从来没有”，他想和特蕾莎拥有第二次、第三次乃至更多次关系，他渴盼在这样的重复中获得爱和生活的重量。而在丁伯刚的小说中，一切都颠倒过来，对他笔下那些已然匍匐在生活重压下的人而言，一次就是永恒，坏事情发生过一次就会发生第二次，第三次……

《来客》是另一个很好的例子。“我”母亲家里来了一个不速之客，远房亲戚大头，他自私且有心计，撒谎成性，给母亲造成了很多麻烦。先是因为做木匠活，和当地的木匠李师傅发生激烈争执，后来又弃家乡婚约不顾，转身入赘李家，而当媳妇秋英怀孕之后又逃回家乡，丢下此地一个烂摊子，等到一切太平，被抛弃的李家媳妇秋英带孕转嫁他人，好不容易过上和美日子，他又幽灵般回来，瞅准机会重新拐跑了秋英和孩子。他造成的这一次次风波，都伤及“我”母亲和父亲在当地的名誉，他们不得已一次次出面摆平，每次摆平之后都以为可以万事大吉，但每次都是稍微缓口气又再起风波。母亲重复着忍让和周旋，大头重复着谎言和伤害，小说最后虽然停止在母亲听说大头拐跑秋英之后，眼冒金光地瘫坐在木凳上，但只要他们还都活着，可能这样的境遇还会继续无休止地重复下去。

还有《马小康》中那个一旦学会用自杀要挟老师就忍不住故技重施的马小康，《艾朋回家》中那个一旦感受到自身病痛对于亲人产生的影响力就一再主动生病的艾朋，而他的母亲在照顾他的过程中竟慢慢习惯了这样，也开始用艾朋影响他们的方式来影响艾朋。《每天都是节日》更是直接点题，拖儿带女的北京每天徒步去县城车站想迎接离家出走在外地打工的妻子淑珍，据说她带口信回来说在端午节前后要回来，他去了好些天都扑了空，他明白她是不会回来了，但每天去县城车站已经成为他的习惯，他遂用这样一种重复抵御日常生活的重复。

2

在为数不多的随笔中，丁伯刚反复谈论自己在生活面前的无能，一个“穴居者”，被彻底遗弃的“半边人”，一个“典型的软汉”。“是长期的生活塑造了我，我反过来又塑造了自己的生活。这种互为因果的东西，又变成我写作的主题或内核……我深深感到这个世界不是属于我的，我再一次坚定了我的小说应该写些什么。海明威式的硬汉，写了一大堆硬汉人物，讲了一大堆硬汉的话。我呢，正好相反，一个典型的软汉。这是一种天命，我想我只能如此。”

丁伯刚对于生活、自我乃至写作之间关系的循环理解，很像萨义德在《论重复》一文中借助维柯谈论过的作为人类心智一种的重复。“人类之所为，就是使他们变成人类的东西；他们之所知，就是他们所做过的事情。”人类通过重复，得以延续；通过重复，将理性和经验结合，掌握了技艺，获得了知识，建立了各种制度，拥有了历史。可以说，人类是在有意识的重复中，认识自身，成为自身，同时也被自身所束缚。丁伯刚未必对现代哲学中的“重复”观念有太多思想上的体认，但因为他对于内心的绝对忠实，能够清楚地认识自己的“天命”，遂在隐隐约约中不断用作品碰触着某种人之为人的东西。

阿伦特曾将心智分成思考，意志和判断。思考是往回的，是针对那些已经存在过的确定对象；判断是立足于此时此刻；而意志是向着未来的，针对的不再是确定对象，而是某种不确定的“投射”，“我们无法决定这些投射是自发地形成，还只是预期未来情况时的反应。不论我们对未来的预期能达到多高的或然率，它的基本性格却是不确定。换言之，意志所要处理的事物从未存在过，也尚未发生，并可能永远不存在”。

在丁伯刚的小说中，我们看到那些人物都内心戏十足，但他们并不是在思考或判断，而只是在受困于自己的原始意志，受困于自己预期未来情况时的反应。在他们心里没有历史和现在，只有未来，他们受困于这种仅仅处于自己意识中的无力把握的未来，他们遇到的最大问题不是来自外力，而是“关乎我之事是否真在我能力之内”，也就是说，“我成了自己最大的问题”。在这种情况下，他们能够找到的唯一抓手，是重复的意志。“我”是软弱无能的，“我”无力思考历史，也无力改变现状，但“我”可以重复自己的软弱无能，而因为这种重复出自我的意志，“我”就会在这样的重复中感到安全，如同柔弱的蚕不断吐出重复的蚕丝将自己包裹成茧。

3

这种重复，本身是一种恶的显现形式，而非恶的结果。它让人联想到地狱中的人，重复自己的罪行和所遭受的惩罚。丁伯刚感受到现代生活地狱性的一面，被严格规训限制的、毫无创造力和生气的自动化生活节奏，单调、冷漠、一成不变，也无可改变。相对于浪漫主义艺术（包括它后来的各种变体）对于重复的害怕和对改变的热望，丁伯刚一直执着于书写平庸生活的类似地狱般的重复感，并苦苦寻求解救之道，即一个普通人如何在这样的生活中找到精神出路。而他发现的唯一出路，是“自虐—极乐”模式。在 1991 年致《收获》主编程永新的信里，他说，“我觉得我深入到了人类精神的某种极为独异的角落，至少此种东西在中国文学中是从来没有人接触过的，这便是对苦难、对耻辱、对黑暗的一种极致体验——自虐。中国人，特别是中国农民的苦难，应该是所有小说、所有艺术的必然前提，并且简直是一个可以省略不提的前提，我所要表现的便是在这样前提下的必然结果——这便是怎样解脱、怎样拯救的问题。当解脱和拯救都成为不可能的时候，他们的唯一出路便是自虐，在自虐的快感中得到片刻的辉煌的极乐体验”。这种想法似乎后来就没有太大改变过。

丁伯刚所说的自虐，在小说中就体现为人对于自身虚弱性的重复，而他所说的拯救，实则也就是在这种主动重复中体会到的快感，可以把这种快感再参照克尔凯郭尔对于重复的思考，“重复和回忆是同一种运动，只是方向相反：回忆是往后的重复，被回忆之物已然存在，而真正的重复是向前的回忆。因此，重复，如果可能，则使人快乐……向往重复的人，越是能强烈地意识到重复，就越走向深刻。生活即重复，重复即生活之美”。

这再往前一步就是约伯和亚伯拉罕的宗教信仰，因为生活实质上是不可能完全重复的，它单调、枯燥、无聊，却也时时会有难以预测的微小变化发生，绝对的重复只能发生在心智的意志层面。而这也正是尼采曾极力抨击过的教士的灵魂和“最残忍的情感”，“最残忍的情感莫过于把痛苦当作拯救的手段，莫过于通过制造更多的痛苦，使痛苦进一步内向化来愈合痛苦，莫过于用感染伤口的方式来治愈痛苦。”（《论道德的谱系》）

对此，虽然丁伯刚也自陈深受尼采影响，但我觉得他并未对此有深入的体认，这使得他的“自虐—极乐”模式，更像是“地狱—天堂”的简单翻版，可事实上，在地狱和天堂之间，还有一个人不断蜕变向上的炼狱，而几乎所有杰出的现代艺术和哲学都是基于对炼狱的思考，因为这炼狱更接近人世的本来面目。

4

《斜岭路三号》是丁伯刚最近出版的长篇小说，却并非他的新作，他最初在期刊上将之发表已将近有十年的时间。拿这部长篇和他这些年一直致力为之的中篇相比较，是颇有意味的事。如果说三到五万字的中篇规模，恰好让他织出他饱满结实的重复之茧，那么，在一个长篇的体量中，他势必要被迫有所变化。

假使再以音乐为喻，丁伯刚的音域并不宽阔，但他对于这个狭窄而有局限的音域本身有着惊人的敏感。詹姆斯·伍德把小说家粗略分成两种，书写他者的和书写自我的，丁伯刚笔下的主人公，看上去似乎都是和他本人相似的人，但这并不意味着他是一个执着于书写自我的小说家，相反，他好像更愿意将自己当作一个音叉，放在人世里，小心地探寻和捕捉那些可以让这把音叉获得共鸣的声音。

这也是《斜岭路三号》于开头处呈现给我们的景象。不善言辞、敏感内向的陈青石在一次婚宴上发现一个自己的翻版，杨大力。

所有的动作和表情都甚为熟稔，看着面前这个人，就像看着镜中的自己，一时间陈青石尴尬不已，他想今天怎就碰得如此之巧，两个同类货色偏偏坐到了一起，搞什么展览一般。陈青石越来越抬不起头，他怕周围的人看出什么，看出他和他是同一类人，看出今天这里无意间进行着一次展览。

这里面有一种堪可玩味的虚弱心理学。虚弱者过分专注于自己留下的痕迹，在心里产生没完没了的反应，以致无法作出任何行动性的回应，呈现出一种无能为力的样貌。在这一点上，虚弱者类似于舍勒所谈论过的“窘迫者”，“窘迫者不知道自己的手脚该往何处放，他感觉自己的言行遇到了障碍。引回的原因在于仿效旁观者和对话者的注意力活动，觉得它是针对自己的。于是他通过介入这种活动而被逐回自身。窘迫既是思想障碍，也是运动机能的障碍”（舍勒《论害羞与羞感》）。但与窘迫者“既没有掩饰的倾向，更不会为这种倾向作价值辩护”不同，虚弱者在被自己压垮之后，却每每虚构出或夸大了一种敌对的外力（比如这段小说引文提到的“展览”云云，酒席上大概除了陈青石本人之外没有其他人会“看出”），他看似始终在自责，实际上却暗暗把自己的种种不堪归咎于外力的冒犯。虚弱者很快会转变成一个类似尼采所言的“怨恨者”，一个充满痛苦的存在。

《斜岭路三号》，写的是一个虚弱者遇到一个比自己更虚弱的窘迫者。起先，是一种遇到同类的纯粹愉悦，

两位朋友比赛着诉说各自的无能，各自的不堪与猥琐，失败和耻辱，无论话题多么沉重，表情却始终轻松，兴奋，仿佛那根本不算什么出丑卖乖，丢人现眼，倒是多么光荣的事情了。

随后，当陈青石一点点介入杨大力的家庭，介入一群比他更虚弱的人中间，他发现事情慢慢在变化，

起初他没出现的时候，祠堂一角平平静静，安安稳稳，每个人过着属于自己的那份日子。杨大力躲在河边修他的车，杨竹生每天夜里捕他的鱼，吴翠红制她的虾酱，月季到造纸厂上她的班，小月缩在厨房没完没了摆弄她的油盐酱醋。陈青石一掺和进来，面前的一切便乱了。不可思议之处在于，祠堂里这一家直到现在，仍不能认清陈青石是怎样一种人。不知他什么

能力也没有，什么本事也没有，什么忙也帮不上，不知他把他们害了。他们反倒进一步，一个个表现出更为疯狂的劲头，继续把他视为无所不能的人，视为生活中的唯一希望，唯一指靠。他们不顾一切抓紧他，像一条条什么蚂蟥，牢牢吸附在他身上……

虚弱个体在世间的无助与无救，和弱者一直艰难却持久地存活于世间，是一体两面的事实。因此，可能最终的问题并非在于他们如何得到拯救，而是如何得以顽强地存活。生活中的斗争，很多并非发生在弱者与强者之间，而是发生在同类之间，是弱者与弱者的抱团取暖，是弱者与弱者之间的相互倾轧，以及倾轧之中难以摆脱的彼此依赖。丁伯刚深刻地感受到这一点。在《斜岭路三号》这部他迄今唯一正式拿出来发表的长篇中，他实际上要处理的，是比他那些中篇更为沉重复杂的问题，更阴郁也更绝望，这种阴郁和绝望不能从简单的社会历史分析模式中得到解释，甚至也无关乎什么现代性和精神分析。

河中的水流很急，浑黄中时而发生咯咯的闷响，那是旋涡与旋涡之间正在相互吞吸。

令丁伯刚着迷的，正是这种恒久的如旋涡吞吸旋涡的重复样态。在这样的生活中，没有什么人是无辜的，也不期待什么改变。

5

而长篇小说中的主要人物，一定要有某种内在改变发生。这种改变，如哈罗德·布鲁姆所言，要么是来自人物在某个时刻的自我领悟（顺带说一下，所谓天命，并非一个人的“已是”，而是“将是”，是他一直想做但还没有做的事）；要么来自和他人的交谈、碰撞，来自对一个异己声音的倾听。倘若长篇小说中的主要人物毫无内在改变，迫于这种文体的压力，写作者势必要为人物制造一些外在的变动。这也是丁伯刚在《斜岭路三号》后半部分写作时所遭遇的一个尴尬，他一方面试图忠实于自己的内在经验，如实书写一些毫无改变能力的普通人，但另一方面，为了让小说可以发展下去，可以抵达某个终点，他只好人为制造一些突如其来的死亡和虚假的契机。

可能也是在写作这部长篇时意识到某种困境，此后十年，他又转身回到了自己熟悉的中篇上去，继续他的“重复”。

在普鲁斯特的《女囚》里，马塞尔在深思凡特伊音乐中同一乐思反复出现的特点之后，对阿尔贝蒂娜也曾谈到过作家身上出现的重复，“文学也是这样。对杰出的作家而言，其所有作品其实写的都是同一部作品，或者更确切地说，都是把他们带给这个世界的同一种美，通过各种不同的介质折射出去”。

他随后举了哈代、司汤达和陀思妥耶夫斯基为例，哈代的“石匠几何学”，司汤达的“精神生活的高度感”，陀思妥耶夫斯基带给世界的一种“新颖的美”……普鲁斯特辨识这些作家在不同作品中的重复痕迹，但这种只能在自身作品中找到的重复，首先是被两种差异所定义的：一是该作家与其他作家的外部差异，这种差异构成其深具独创性和辨识度的文学结构；二是该作家不同作品的内在差异，这种差异决定其所创造的文学结构的规模和内景。

而丁伯刚所呈现出来的重复，已经让他具有足够的区别于其他作家的辨识度，但可能缺乏的就是第二种差异。而重复，在其更为积极的意义上，是以这第二种内在差异作为基础的。这种差异当然并非所谓新奇，“新东西总是会慢慢被人厌倦”

（克尔凯郭尔），或者如瓦雷里所言，“所谓新者，照定义，即事物会腐朽的部分”。如此，重复才能成为一种坚实的创造，一种肯定性的力量。这种重复和差异之间的关系，虽然德勒兹有过令人炫目的哲学阐释，但我觉得易经复卦的象恰也能够构成一个对此简明直观的认知。

复卦由初爻的阳爻和上面五个阴爻构成，所谓“不远复”，是要回到这个初爻，但其他五个阴爻并不是可有可无的，是它们与初爻的内在差异才构成了完整的“复”。复卦彖辞所言的“出入无疾，朋来无咎。反复其道，七日来复。复，其见天地之心”，句句要说的都不是某种封闭消极的重复，而是大开大阖，是出入天地、接纳他人之后的回返，天地之心不在个体铸就的茧中，而在万物中。

6

丁伯刚写过一篇文章，谈论王璞的小说，他看到王璞小说反复呈现某种基本主题，即在暴力与恐怖面前人性与人际关系的崩溃，贯穿她前后几十年的创作；看到她那种“外在世界与内心世界的界限彻底打乱重组，不同时空层面的快速闪回转换”，不是简单的写作技巧，而就是“她所感受到的生活本身”；他看到八九十年代以来的各种文学思潮并没有在王璞作品中留下痕迹，“她的小说从第一篇开始，即避开各种各样时潮，避开所有这些政治化、社会化、思潮化小说的俗套，直指人的心灵世界，指向我们这个民族精神生活的最伤痛刻骨处……始终按照自己的内心需要，遵循自己所感受到的心灵真实，一篇篇往下写”；他写王璞小说的遭遇，“多年来她在《收获》杂志发了那么多小说，却没引起半点反响，为此她说自己非常惭愧，辜负了杂志与编辑们的期望”。种种这些他在另一位小说家作品中感受到的写作状况，某个基本主题的重复，努力展现自身感受到的生活，避开时潮而遵循心灵真实，以及，一种被小范围认可之后油然而生的更大落寞，似乎都如夫子自道，可以直接原封不动移用在他自己身上。

陈莉曾经在《此心安处是吾乡》一文中也探讨过丁伯刚小说中重复出现的主题，“丁伯刚的小说中，总是盘绕着啃噬生命为生的虚弱症：它消耗、磨损生命，直到生命逝去……虚弱症的表征是：完全没有自我，完全被外界牵引，完全以外界的眼光来决定自己的态度———所以，心境随时随着外境而转变。外界的情形稍有变化，他们心里的念头就起起伏伏、生生灭灭。这些心思是毫厘倏忽、变化多端、狡诈机敏的，随着这些心思的‘生’，他们‘造’出更多的外境。在这些自己‘造’出来的外境中，他们又继续烦恼着。‘境’刺激‘心’，‘心’衍生‘境’，没有一刻的安宁”。

这种观察，大抵是准确的。但接下来的推论，将这种虚弱症归结于时代和社会的变化，归结于乡土伦理的异化和故土家园的丧失，让丁伯刚小说中的人物成为所谓底层弱势群体乃至某种时代精神疾患的象征，不免失之浮泛。我并不反对所谓的社会历史批评，小说家和小说中的人当然是社会和历史中的人，但这个社会和历史，不应当仅仅是被高度简化和过滤之后的上一个好时代和这一个坏时代，而是整个人类社会和人类历史，如此，我们才能发现，那些我们为之痛切的所谓“人的问题”，其实不仅现在有，过去也有，将来也会继续存在。这样的发现并不是为了推脱责任，恰恰相反，这样的发现使得重复出现的“人的问题”有可能成为我们每个人切身的问题，而非始终悬置为某个具体时代和国族不可解决的抽象问题。

同样，这也是丁伯刚自己的问题，他在一再的、多多少少缺乏内在差异性的“重复”迷宫中最终所遭遇到的，不是这个民族的苦难，是他自己。

事　件

1

在特里·伊格尔顿的近作《文学事件》中，对“什么是文学”的重新思考，意外地从追溯一个古老的经院哲学问题开始，即实在论和唯名论之间的争议。“对唯名论阵营而言，对事物的抽象在个别事物之后，它是一种从个别事物派生出来的概念；实在论者却认为，抽象先于个别事物，是一种使个别事物如其所是的力量。”简而言之，唯名论坚持的是个体、殊异、此性、具体的优先权，而实在论则强调首先存在的是本质、共性、普遍和范畴，这是两种长久以来一直相互对抗、缠绕和依存的思维方式。

喜欢文学的人似乎天然会站在唯名论这边，虽然他们未必承认自己是唯名论者。今天的很多小说书写者对理论往往有一种轻视，但轻视理论并不意味着就可以摆脱理论，相反，他们往往深受同时代最流行的理论思潮侵染而不自知，比如说，后现代主义，那正是一种激进的唯名论，反对本质主义，厌恶普遍概念，强调碎片、解构、欲望。伊格尔顿就此评论道，“后现代主义并没有抓住唯名论和傲慢的权力之间隐蔽的密切联系。它并不理解，本质主义的所有黑暗目的中包括保护个体的完整性以抗拒主权的强求，否则它会急不可耐的屈膝顺服”。在另一则注释中，他继续说道，“后现代主义的知识来源于傲慢地承认自己无知。在后现代主义的游戏里，输家通吃，关键在于尽可能两手空空，这样既可标榜自己的反权威主义，又使自己无懈可击”。

而这两点，碰巧可以解释当下大多数小说之所以令人厌倦的原因，甚至可以说，它们写得越是才华横溢，就越令人厌倦，因为在这些小说中，我们只能见到两种人，一个叙事的暴君，和一群失败者。

D. H. 劳伦斯告诫我们不要相信讲故事的人，要相信故事。但今天的很多小说中已经没有故事，只剩下一个暴君般的叙事者，他要讲的唯一故事，就是他自己正在讲故事这件事。

叙事者的存在感远远超越了故事中的人，甚至，他篡夺了原本属于人物的精神生活和行动能力，以一种貌似谦虚的受限视角。对很多小说书写者而言，这种流行的受限视角其实和伪全知视角一样，体现的都仅仅是他们自身。他们最终只是通过自我分裂的方式去想象他人的生活，而没有学会搁置自我，让他人自行生活，这两者的差别，正如白日梦与梦的差别。

而他们的自身是什么呢？却并非一个亨利·詹姆斯意义上的执着的有智慧的反思者，而只是一个无知的失败者。随之而来的，是从一个无知的失败者角度所看到的，由一群失败者所构成的令人厌倦的失败的世界。但小说家却因此诡异地获得了赞誉，根据输家通吃的游戏规则。

众多的文学评论为这些个由失败者构成的小说世界辩护，认为这反映了现实，体现了小说家对当下现实的敏感。但何谓现实？是人们在各种媒体热搜和转发中所选择呈现出来和选择接受的信息吗？

2

波德里亚认为，我们通过大众媒体看到的现实，其实早已是一个被解码和编排过的拟像的世界，它“用关于现实的符号来代替现实本身”，它“提供了关于真实的所有符号，却割断真实的所有变化”。(《拟像的进程》)我们每天通过各种网络渠道见识许多不幸，但随后呢？我们似乎并不关心这些不幸者的过去以及未来的变化，甚至会为他们突发的欢乐与镇定感到不安，因为超出了我们预想。他们被迫从活人降格为苦难的符号，成为有关失败现实的案例与信息，新一轮现实主义文学的素材，而我们作为幸存者，所做的一切并没有真的安慰到他们，甚至某种程度上，我们还在消费他们。这是我们的失败，而我们却因此去指认说，你看，这是一个多么失败的世界。这也正是当波德里亚谈到萨拉热窝人的苦难以及欧洲人对萨拉热窝的廉价同情时所痛切指出的，“他们是活生生的，而我们却已死亡”，“在这样的形势中，无害的、无能的知识分子与悲惨的人交换他们的不幸”(《完美的罪行·牺牲的新秩序》)。

要改变这一切，就要拒绝将生活简化成苦难以及有关苦难的信息。进而，就要在一个现实逐渐被拟像取代的信息世界中，用虚构的方式重建一个生机勃勃的艺术世界，假如生活确实是糟糕的，人已经习惯于拟像，那么就让这糟糕的生活和在拟像世界长大的人去重新学习效仿这个生机勃勃的艺术世界，而非相反。

当代认知科学已经清楚地表明，类比，即在两个表面不同的事物之间发现抽象的相似关系的能力，是人类认知的核心。我们小学数学课乃至公务员考试常做的数字推理题，就是最基础的类比。当代研究类比问题最重要的认知科学家侯世达则经常以字母符号串作为例子，比如，如果 abc 变成 abd，那么 ijk 应该变成什么？大多数人会选择 ijl（“将最右边字母用后继字母替换”），但实际上依然可能有无数种答案，比如 ijd（“将最右边的字母换成 d”），甚至 abd（“将任何字母串换成 abd”），最终，这完全取决于每个人如何理解从 abc 变化到 abd 之间所应用的概念迁移。借助类比，人们得以通过熟悉的事物去猜测和理解陌生之物，而每一件新加入的陌生之物都会对我们头脑里熟悉的概念进行重组。相对于我们传统所说的归纳（从表象到本质）和演绎（从本质到表象），类比思维更为灵活，它认为不存在绝对的表象和本质，人是处在各种生生不息的关系中，并不断根据新的类比来形成和调整对于表象和本质的认识。在这个意义上，我们很好理解为什么一个虚构的小说世界会对真实世界发生实际作用，因为阅读小说的人不断在进行类比，小说人物的种种道德境遇、价值判断和情感诉求，甚至某种独特的语法表达，都会丰富或打破读者现有的认知概念，并帮助他去反思和重组自我，但每个读者的类比方式又不尽相同，都携带着各自已有的认知体系和能力。小说既不高于现实，也不低于现实，它和古老的神话、童话以及民间故事乃至一切艺术形式一样，平行于现实，它作用于现实和读者的方式是自由类比，而非机械的反映、焦虑的见证和单方面的教谕。而虚构和阅读，由此方可共同成为一种积极的道德实践。

在这个意义上，王尔德的那句“生活模仿艺术远胜于艺术模仿生活”，和他的诸多警句一样，不仅是机智妙语，更像是某种严肃的陈述。

可以再参考波德里亚援引的英国小说家斯蒂文森的一句话：“说小说是一部艺术作品，多数是由于它与生活之间无法估量的差别，而较少是因为它与生活有着必然的相似。”

3

艺术，更具体而言，虚构的艺术，因此完全是有用的，甚至越是糟糕的年代越是有用。过去的小说家对此抱有全然的信心。司汤达把美视为“对幸福的应许”，并把他的小说献给“少数幸福的人”，这里面至少有三层意思：第一，通过写小说这件艰苦的事，司汤达和少数皮格马利翁般的杰出创造者一样，触碰到了幸福；第二，他把对幸福的感受力，赋予在他虚构世界中艰难前行的人物上；第三，他向那些阅读其小说的人发出承诺，你们中的少数人有机会借此体验到幸福。今天那些耽溺于失败的小说家何曾敢如此谈论幸福？他们对幸福的想象大概局限于文学奖和影视改编权罢了。

“幸福的家庭是相似的，不幸的家庭却各有不同。”当托尔斯泰以此句为小说开篇时，他并非在强调不幸作为小说题材比幸福更具正当性，而是在表达一种反讽，即人类对不幸的感受力总是要强于对幸福的感受力，似乎幸福仅仅是某种样板房式的乏味存在而不幸才能彰显每家每户的独特现实。

我们如果在幸福这个话题下再稍作逗留，会发现幸福和美、善一样，是一个在反思中才有能力形成的道德观念。当维特根斯坦临终时让周围的人告诉世界，他度过了“幸福的一生”，这是在回应梭伦的教导，即幸福与否取决于对自己所经历过的一生的完整考量。而相对而言，不幸则一定是具体的、即时的，一个人不用在反思中才能感受到不幸，他直接在生活的某个瞬间遭遇不幸。当苏格拉底说“未经反省的人生是不值得过的”，他也是在暗示，某种抽象反思的能力可以帮助我们抵御人生的种种偶然变故，同时，每一次人生的变故都应当促使我们重新去思考何谓幸福。

幸福与不幸的这种关系，可以对应于之前所说的实在论与唯名论的关系，它们之间不是非此即彼的，而是相互激发。我们从好的小说中不仅获得一些具体的故事和细节，更主要的是通过类比获得某种对于普遍性和事物关联性的宏大感受，这种感受能够帮助我们应付日常的琐碎与艰难。小说家应当对于普遍和具体怀有同样浓厚的兴趣，譬如伊格尔顿就提到艾丽丝·默多克的小说并非像某些批评家所说的那样仅仅是对理论的远离和对特殊情境的表达，“事实上，艾丽丝·默多克的小说中包含着罕见的大量的抽象反思，借他人之口诉说出来，包括骄纵的圣人、牛津大学的波西米亚人、落魄的空想主义者以及中上阶层的形而上学家……”正如伊格尔顿所指出的，如果说小说家有什么不同于哲学家的地方，不在于小说家放弃抽象反思和对普遍境遇的概括，而在于小说家抽象和概括的方式是“借他人之口诉说出来”，也就是说，小说家为他所做出的种种抽象和概括预留了被再度反思的权利。

4

一个人对生活的总体性认识，和他能够具体在生活中发现什么或感受到什么，是一致的。鲁迅说，一部《红楼梦》，“经学家看见《易》，道学家看见淫，才子看见缠绵，革命家看见排满，流言家看见宫闱秘事……在我的眼下的宝玉，却看见他看见许多死亡”。一个认为生活就是由琐碎欲望和灾难构成的人必然只能看到一种充满琐碎欲望和灾难的生活。有一句契诃夫的话时常被写小说的人挂在嘴边，即“小说家不是解决问题的人，而是提出问题的人”，但契诃夫并非一个对生活缺乏洞见和丧失勇气的人，哈罗德·布鲁姆总结道，“契诃夫的信条是你将认识真理，而真理将使你绝望，只不过这个阴郁的天才仍然坚称应当保持愉快”。对此，可以再参考斯宾洛莎在《伦理学》中的话，“一种被动的情感只要当我们对它形成清楚明晰的观念时，便立即停止其为一种被动的情感”。

尼采在《快乐的科学》中曾断言，“一个人只能听到自己有能力提供答案的问题”。我们很多小说家用小说提出的问题，其实只是他自己有能力提供答案的问题，他只是策略性地把自已毫无新意的答案小心收好，等待聪明的热衷于“问题意识”的批评家来发现和公布这个答案。这种在小说家和批评家之间的默契共谋，是我们目前基本的文学生态。

这种状况，在短篇小说中尤为明显。

如今大量的小说家仅仅把短篇小说当作一种通往长篇的练笔，或者，长篇的反面。短篇小说仅仅意味着“生活的横截面”“以小见大”“螺丝壳里做道场”“四两拨千斤”，总而言之，意味着某种用相对经济的时间、篇幅和高超技巧来反映生活某个片断（讲个故事，提出一个问题）的叙事体裁。然而，颇具讽刺性的是，诸多对微妙、诗意和技巧的娴熟认知，以及所谓的问题意识，反倒制作出一批又一批乏味与模式化的短篇作品。

可以比较一下迈克尔·伍德对科塔萨尔短篇的赞美：“科塔萨尔具有两种卓越的天赋，一是除了故事的转折或重要之处而外，他看起来对什么都感兴趣；二是他很民主地照顾到每一个细节，因此看起来没有一样东西仅仅是为了让故事进行下去而存在的……科塔萨尔短篇故事的微妙和力量在于，在看来根本无法避免寓言的地方避免了寓言。”（《沉默之子》）

寓言，就是一个已预设好规则的类比，一个已提供答案的问题。但一个好的短篇小说并不满足于指向某种既定规则和既有答案，它不被某种设定好的因果关系所束缚，短篇小说家并不是事先在生活中发现了新事物和新问题，然后选择合适的材料和情节予以技巧性地表达，再假设他的读者都是和他一样的短篇小说家，好迅速发现这种技巧并为之击节叫好。小说家和读者的关系不是这种熟练演员和老练看客的关系。相反，如奥康纳和卡佛都谈到过的，新事物和新问题是在叙事中被发现的。换句话说，短篇小说是生成一个事件。这事件是一次性的，不可逆的，因此随之而生的技巧也是一次性的，不可复制的。所谓原创的意思本身也是如此，即起源性的，只发生一次。

5

“事件不是发生之事，而是对某人发生之事……其间有重大的区别。下雨是某件发生的事情，但不足以构成一个事件，因为如果要有一个事件，我就必须感到，雨水的落下是某件为我而发生的事情。”（卡洛·迪亚诺《形式与事件》，转引自阿甘本《奇遇》）

“对某人发生”，却并不依赖于这个人，这个人只是在这个感到和他有关的事件中漫游、历险，这个人并不先于这个事件存在，而是在这个事件中成为这个人。我们倘若把此处的“这个人”依次替换成小说家、小说人物，以及读者，就可以很好地解释那些令人激动的短篇小说和糟糕的短篇小说之间的差异。

这种令人激动的感受，更具体来讲，可以说是一种对自由的感受：小说家之于生活是自由的，小说人物之于小说家是自由的，读者之于小说，也是自由的。他们在各自经历的事件中呼吸自由的空气，并成为他们自身。这种自由也同时意味着旧有实在身份的解放：小说家不再只是写作者，而是解放为“他者中的他者”（列维-施特劳斯语）；小说人物也不再只是一个被塑造的典型，而是解放为他所遭遇的各种情境和人类关系的产物；小说读者，则不再只是一个无涉利害的旁观者，而是解放为一个参与其中的行动者。

糟糕的短篇小说与之相反，小说家受缚于他眼中的生活，小说人物受缚于叙事者，至于读者，则被情节所束缚。往往越是那些抱怨生活不自由的小说家，越不知道如何把自由交给笔下的人物。因为自由既非普遍概念也非个体欲望，它和爱一样，正是对一次事件的完整体验，一个人是先体验到一种和他人及事物之间崭新的关系，随后才将之命名为自由，抑或名之为爱。

6

将短篇小说视为一次事件，有助于小说家从那些蜂拥而来的、困扰他的现实信息中摆脱出来，因为重要的不再是现实发生了什么超出他想象的事情，而是去思考对他而言（进而对某个人物而言）发生了什么。这是唯一切身和可以真实把握的东西。同时，尤为重要的是，这种发生，并不仅仅发生在他作为个体的意识中，他不能再仅仅从内部思考所谓人性，而是要在和他人的关系中辨别与思考，用梅洛·庞蒂的话来说，就是要“从外部思考人”，虽然，这种思考可能注定是不确定和未完成的。

“人在原则上就总是岌岌可危的：每个人都只能相信他内心中认为是真的东西——而与此同时，每个人的思考和决定都为与他人的某些关系所束缚，因为这些关系总是会偏向某种意见或观点。每个人都是独自一人，但是每个人也都需要其他人：

不仅因为其他人可能会有用，还因为他人和幸福息息相关。……所谓勇气，正在于依赖自己并且依赖他人，因为，虽然有那么多的身体及社会处境的差异，他人还是都在其行为本身中和在其相互关系中显示出了同一种光芒，这光芒使得我们承认他们，使得我们需要他们的认同和批评，使得我们拥有一个共同的命运。”（梅洛·庞蒂《知觉的世界》）

而这种从外部关系中思考人，在一次与己有关的事件而非诸种意识形态的拟像中思考人，恰恰也正是虚构的真谛和它一直带给我们的教益。“将某物看成虚构，意味着允许自己在此事物的外围去思考并感受它。”（伊格尔顿《文学事件》）这里的“某物”，也包括自身。

事件，也因此意味着一个个无法被预料的崭新的开端。相对于长篇小说多少总要满足我们一丝对于终点的好奇，那些美妙的短篇小说，许诺给我们的不过是一个个开端，我们每个读者把自己放进这个开端，迎接一些即将为自己而发生的事。

名　物

1

在《榗柿楼集》卷一《诗经名物新证》的新版后记里，扬之水谈到所做名物研究工作与文学之间的关系，引用《唐子西文录》中的一则札记：

东坡赴定武，过京师，馆于城外一园子中。余时年十八，谒之。问余："观甚书?"余云："方读《晋书》。"卒问："其中有甚好亭子名?"余茫然失对。始悟前辈观书用意盖如此。

她说，“断章取义借用这里的一点意思，则读诗读文只留意其中的‘好亭子名’，也是一种读法。”她的治学心意，具体到文学的层面，就“不是从诗学角度探讨诗人之诗，而是欲求解读宋人之诗或曰士人之诗中所包含的生活之真实、生活状态之真实，亦即借助于名物研究，而复原‘不复存在的语境’……‘风微仅足吹花片，雨细才能见水痕’，一切都是微细的，但微细中原有它的深广”。

留意好亭子名，未必东坡自己的读书本意，他只是晓得少年人读史书不免心高气浮，易流连于表面的杀伐争斗、韬略权谋，再生出许多凿空的意见，遂教少年人留意微小的细节，实在的事物，和词语的自足。这是古典教育的因人而异和与物宛转，一切教化都是具体而微的，不可简化成普适的纲领或观念，却会渐渐对当时当地的那个人产生作用，一如扬之水的名物研究之于今日的中国文学。

2

据说科幻文学即将成为中国文学的主潮，因为厌倦（或没有能力）用显微镜观察熟悉的人世，新一代写作者企图用望远镜去瞭望遥远和陌生的场域，并以未来的名义震骇当下。科幻文学的此地书写者，某种程度上如同舶来的观念艺术家，对他们而言，头脑里的怪东西永远胜过手上的技艺，一个新颖的观念就可以催生一部作品，比如想到人和老鼠可能没有区别（陈楸帆《鼠年》），设想某种弱肉强食的文明法则（刘慈欣《三体》），抑或在地铁和地狱之间窥测到某种联系（韩松《地铁》）……诸如此类观念先行的写作，原本既是严肃文学的大忌，又是催生业余爱好者和闭门造车者自得自满的乐园，如今却被很多专业批评家奉为据说已经奄奄一息的当代文学的救命稻草，同样，还是以未来的名义。

在文学领域近年来发生的这种种骚动，总让我想起米兰·昆德拉在《小说的艺术》第一章末尾所说的话：

前卫派以另一种方法看事情；他们被与未来相和谐的雄心所主宰。前卫艺术家创造了的确是勇敢的、有难度的、挑衅性的、被喝倒彩的艺术品，但在创造时，他们肯定“时代精神”与他们同在，明天将承认他们有道理。

过去，我也认为未来是对我们的作品与行为唯一有能力判断的法官。后来我明白，与未来调情是最卑劣的随波逐流，最响亮的拍马屁。因为未来总是比现在有力。的确是它将判定我们，但是它肯定没有任何能力。

昆德拉很长时间生活在 20 世纪下半叶的中欧，他知道“未来的强权”是怎么回事，他转身走向被诋毁的塞万提斯的遗产，即对基本相对性的认识和坚持。

3

文学的基本相对性，并非鲁迅所批判过的“无是非”，而是从观念的重重罗网中挣脱出来，重新透过坚实的万物去观看事件，并被万物和事件所观看。这也是奥尔巴赫在《摹仿论》中所说的意思，“事件的含义不可能在抽象和普遍形式的认识中得到掌握，理解它所需要的材料绝不会唯独在上层社会和重大政治事件中找到，而是在枯燥乏味的世界及其男男女女的最深处，因为只有在那里，才能掌握独特的东西，由内在的力量激活的东西，以及既在更为具体也在更为深刻的意义上都普遍有效的东西”。这种内在的力量，隐藏在过去，隐藏在千万种被人的生命所摩挲过的细碎事物中，单是知道这些事物抽象和普遍的名字还是远远不够的，还要知道它们在彼时彼刻具体的、被唤出来的名，将那些被湮没具体的名和同样被湮没的具体的物相连接，如此它们才可能复活，像密码锁的开启，“咯哒”一声，一个真实存在过的生活世界，而非我们带着今日眼光所以为的那个现实世界，才得以呈现。

我们的当代现实主义作家当然很少有人能完成这样的事业，但我们的科幻作家同样无力完成，他们笔下的现实基本是空洞和概念化的，未来也是，这种空洞和概念化源自他们对过去的生活世界一无所知，似乎也不感兴趣。

然而，重现过去的生活世界，曾是张爱玲在《海上花列传》的翻译和《红楼梦》考证中孜孜以求的事，是林徽因在她的建筑史和敦煌忍冬纹考证文章里想做的事，是沈从文在他的物质文化史研究中要做的事，也是扬之水在她的十二卷本《棔柿楼集》里努力完成的事。

4

从诗经的名物新证开始，扬之水逐字逐句讲述过往的诗与物，因为“生活的真实就凝聚在一个个名词和词组中”，再配以大量出土实物的真切图像，有时更不惮繁琐，附上精细的手绘线描器物图和分步骤示意图。

比如写《秦风·小戎》，提到古时的车战，她会说明书般注出战车每个零件的名称，车战队形的变化，乃至车辔系结的方法，但这与其说是物质文化的考古，不如说，是教人如何由此生活在诗人曾经生活的现实中，感受诗人经历过的生命经验，和历代杰出解说者曾有的、学识与同情相结合的体贴。她举陈子展《诗经直解》“每章前六句矜其君子服用之物，古奥质直；后四句自闵妇人思念之情，平易蕴藉”为例，接着她说，“平易蕴藉，固须用心体味，古奥质直，则虽用心体味而不能尽得”，因为古今人情未必有大变，尽可以用心体会，然而古今器物殊异，如不明识其所言何物，何种形态，单靠用心体会，难免穿凿附会。周作人有言，“文学里的东西不外物理人情”，可以做扬之水此段话的注解。然而就这么一点物理和人情，实不易得，周作人一生笔墨用功之处，也全在此，其倡导“人的文学”，不单致意人的心理学，也还兼及人的物理学，这也就是“格物致知”，一器一物之间皆有人世之思。而《文心雕龙·物色》里亦有“随物以宛转”和“与心而徘徊”的结合，同样也是这个道理。

又比如卷二《唐宋家具寻微》谈起居方式的变化，卷三《香识》谈旧时士人的焚香，卷五《从孩儿诗到百子图》谈一些器物造型设计纹样的流变。“后世看的是风雅，而在当日，竟可以说风雅处处是平常。”一件物品，每每出自平常日用，再因了个人的生命浸润而获得超越日常的诗意和礼仪，最后进入习俗，流转成为某种符号学意义上的程式图谱，这三层变化，并非单向度的，而是构成完整的循环，令扬之水念兹在兹，可以说是她名物学的核心。这似乎恰可相应于洛克在《人类理解论》最后一章所说的，人类的全部认识范围都可化为物理学、伦理学和符号学。而文学的奇异力量就在于，它要将这属人的一切同时容纳。

这也正是翁贝托·埃柯在他的小说里要做的事，他不厌其烦于巴黎大大小小街道的历史名称、中世纪修道院的细节构造，以及对于无限清单的列举，为重建一个一切都相互关联的生机勃勃的世界；这也是 A. S. 拜厄特在她的小说里要做的事，她精确再现维多利亚时期的文化和语言，要写出一个“读者似乎可以栖居其中的物质的世界”；同样，这也是福楼拜、巴尔扎克、托尔斯泰、格雷厄姆·格林乃至托尔金和乔治·马丁都曾做过的事。

5

某种程度上，《繁花》作者金宇澄在做的工作，也可与扬之水对观。

他为自己写下的文字作插图，不为写意和叙事，只是要弥补文字表述事物的不足。“有时我即使写了两万字，也难表现一幢建筑的内部细节，图画是可以的。”于是他画《繁花》里写过的老弄堂房子，一层理发店、二层爷叔家银凤家、三层小毛家，除了结构分明的建筑透视图外，还告诉我们房间里五斗橱和桌椅摆在哪，床和马桶摆在哪；他画阿宝和蓓蒂坐在皋兰路老虎窗外的房顶上，“瓦片温热，黄浦江船鸣”；画法租界的街区图；画旧货店里满满当当的一个个柜橱和钢琴；画麦子割下来怎么打捆，怎么在田野上堆一个麦秸垛，麦穗朝里，十字花叠加；画出怎么钉马掌的细节……

他很耐心地画这些大多为线描的、说明书式的示意图和分解图，起初只是为了让读者明白他文字里那些老上海名物的具体样子。其实也不过几十年的时间吧，那些领带扎的拖把、钳工自制的开瓶器扳手、木工小青年做的双 f 孔吉他、电焊条做的毛线棒针、火油炉子，还有诸多的手工器物，都已经湮没无闻，只有曾经制作过或使用过的人尚存印象。单纯的怀旧一定不是金宇澄的意图，他是个小说家，知道人的真实的活动与感情，需要一个具体的物的世界来安放。

在这一点上，两千多年前的洛阳人、一千多年前的汴梁人，和四五十年前的上海人，并没有太多差异。

6

在古典时代，名和物基本是一一对应的，我们看到《说文解字》里有大量今天被废弃的词语，在当日都有极其明确具体的指向，指向某个物，甚至某个物的局部。扬之水谈《秦风·小戎》："《小戎》写车，多半用名词，而名词兼了动词，兼了形容词，然后以气，以韵，结构成一对一对打不散的句式，笔墨便俭省到无一字可增减。但时过境迁，古制不存，名词之义既晦，便只有剩下古奥。而今借助出土文物，竟可重窥这古奥中的缤纷，原来诗中所涉名物，几乎在在可征。"名和物，在历史时间中的变化往往并不同步，一代有一代之器物，且由简至繁，而词语一旦诞生，往往会有一个极强的黏着性，它不是如物一般被简单更替，而是一方面词语与词语之间不断融合，淘汰，另一方面，那些幸存的、更为强有力的词又如海绵般不停吸附和衍生新义，这一点，我们看一看类似《故训汇纂》这样的字典便有感知。其结果，就是始终存在两类词语，一类不断从日常生活中脱离，沉入典籍，成为某个特定历史阶段的化石般古奥记忆；另一类，则一直在日用中翻腾颠沛，丰厚多姿。对于前一类词语，如找到对应的出土文物和图像材料，其古奥也就不难在词与物的对应中破译，如前所谈《小戎》，以及《诗经名物新证》中所涉其他诗篇；但对于后一类词，则可能会更繁难一些，需要回到其历史语境中细细鉴别，以同时代文字相印证，了解其在当日具体的场景，否则一不小心，就会犯以今解古和望文生义的错误。

《棔柿楼集》卷六《两宋茶事》论“分茶”一节，可谓这第二类词与物之间“定名与相知”的典范。

陆游名诗《临安春雨初霁》：“矮纸斜行闲作草，晴窗细乳戏分茶。”这里的“分茶”，倘若望文生义，会草率以为就是分别给一个个杯子分上茶叶，但如此“细乳戏”三字便没有着落。钱锺书一九五七年版《宋诗选注》以为“分”就是“鉴辨”，后在一九八二年版《宋诗选注》中改正为“一种茶道”，并援引时人的诗文笔记为证。这自然已近准确，还是不够详实和生动。扬之水遂从唐宋饮茶分煎茶和点茶两种说起，引用数十种文献和图像材料，阐明点茶方法，以及分茶即点茶之别称，而点茶之“戏”，关键在于要使茶盏表面在沸水击拂下泛起乳花，更妙者，可使汤纹水脉扩散成花草图案，这简直有点像今日咖啡制作中的拉花技术，此中要义，除了手感，还牵涉茶叶的加工方法，往往需在其中添加米粉等物，使其“调如融胶”……

如此一个个小小的词，就牵扯出一种种如今不复存在的生活场景，而越浸淫其中，越能理解那些古往今来摇曳多姿的诗句，原本竟纷纷只是源自素朴及物的观察与记录。凡此种种，在词与物之间的勾连往返，皆可以给人一种踏实和安宁感，有时又如一场单纯的梦，如金宇澄画插画时所体会到的：

叙事形成的焦虑，到此安静下来了，仿佛一切都落定了，出现了固定的线条，种种细部晕染，小心翼翼，大大咧咧，都促使我一直画下去，直到完成。这个状态，四周比写作时间更幽暗，更单纯、平稳，仿佛我在梦中。

阅读《梧柿楼集》也能如此这般教人安静下来，知道自己和一切的人类，最终都是生活在沉默却有名字的物的怀抱，而非意见和观念的喧嚣中。

7

前些年文学批评界有“实感经验”的提法，用以抗衡种种总体性的理论建构，和超越现实的形而上诉求，自然是切中时弊，但其中对于主体现实生活经验的强调，随后也生出诸如“一手生活”和“二手生活”的奇怪区别，因为既然在“实感经验”的领域，作家似乎无法在思想和智识层面比拼了，能比拼的只有谁的生活经验更丰富，谁的生活经验更与众不同。

然而，何谓丰富，何谓与众不同呢，这里面慢慢就生出一条非常古怪的歧视链：村镇经验胜过城市经验，流氓无产者经验胜过文学青年经验，偏远生活经验胜过内地生活经验，多角恋情欲经验胜过一对一爱情经验，如今，则更进一步，是科幻经验胜过现实经验……总而言之，今天的小说写作者对于经验多半有一种近于虔诚的迷信。但与其说他们迷信于经验，不如说他们迷信于经验的异质性和底层性。因为大量的写作者聚集在同质化的城市，老老实实经受学校教育，并且多为文科生和上班族，所以最有魅力的经验，是城市之外的乡镇生活和边区生活经验；是专属于成天在校园内外游荡、打架、泡妞的差生；是来自那些做过农民、厂矿工人、牙医、妇科专家、商人、警察、基层法官等等诸如此类非人文职业的写作者，是来自半吊子科普爱好者。所罗门王曾祈求上帝赐予他一颗智慧的心，而我们的小说家则向着农妇、小市民、低能儿、罪犯、流氓无产者、偷情者、精神病人、濒死者和人工智能祈求智慧。

倘若要抵御这种经验竞赛中的反智与急躁，那么，先回到名物的世界，恐怕不失为一副镇定剂。从大的方面说，它意味着过往的文明，从小的方面说，它意味着某种必要的限制，这两者对于文学，都是不可或缺的。

元　素

1

“我们常说的‘理解’，”普里莫·莱维在他最后一本著作《被淹没与被拯救的》中说道，“意思等同于‘简化’——如果没有广泛而深刻的简化，我们周围的世界就会变成无穷无尽、无法定义的一团混沌，让我们无法指引方向，做出决策。”进而，他又说，“对简化的渴望无可非议，但简化本身却并不总是如此。只要你把简化看作是一种等待检验的假设，那么它就是有用的，但不要错把简化等同于现实。大部分历史和自然现象并不简单，或者并不像我们希望的那么简单。”

意大利作家莱维是奥斯维辛幸存者，也是化学家，当他说到“大部分历史和自然现象并不简单”的时候，我们知道他意有所指。他的第一本书《这是不是个人》讲述奥斯维辛集中营经历，1947年出版时反响寥寥，这种来自同时代人的沉默可以从诸多方面予以解释。其中主要一方面，是因为刚刚脱离纳粹阴影的人们不愿意重新面对那些教人难以忍受的灾难现场，或者说，他们希望将灾难记忆简化成某种清晰的二元对立（譬如正义与邪恶，幸福与不幸，敌人和自己人），接受那种被简化了的可以忍受的历史，并通过这种对历史的简化来疗愈和安慰自我（如我们的“伤痕文学”曾经做过的那样），但莱维的讲述却拒绝这样的简化，在他的著作中，人们被迫重新被拖入他们想要摆脱的混沌与不安之中。很多年后，莱维回顾自己最初的写作，他承认《这是不是个人》是一本“缺乏广度和深度的书”，在结构上也有所欠缺，但他强调，写这本书的意愿和念想，是“出于把事实讲述给其他人听的需要，出于想让其他人参与事实的需要”，因为唯有事实，以及对于事实的体验，可以让人对同时代层出不穷的种种简化的教条保持警惕，避免在肉身的奴役之后再度遭受思想的奴役。

然而，单是知晓一些事实，是不够的，否则，这个时代最伟大的作品将是监控视频。那些糟糕的口述史、非虚构、纪录片乃至所谓写实或新写实的作者共享同一种一叶障目的错觉，即把自己遭遇的一部分事实当作全部真相；那些更好的作者会看到，在一些事实的背后，总隐伏着另一些事实。而无论何种作者，如果只埋头在事实中探索，最终他将陷溺在无数事实构成的混沌中，如同博尔赫斯所描绘过的博闻强记的富内斯的命运。这混沌可以暂时性地抵抗教条，却不足以恒久，因为人性中有对简化的渴求，所以，最后的选择可能仅仅在于，你是接受这个时代普遍意识形态下的教条式的简化，抑或屈从于个人未经省思的简化，还是主动投身于创造一种如莱维所言的“广泛而深刻的简化”，一种可以帮助未来的人们“指引方向、做出决策”的简化。

2

这种“广泛而深刻的简化”，并非仅仅指向人类社会的历史或现实，也指向自然。莱维是化学家，在化学领域，最权威也是最具标识性的简化形式，是元素周期表，即通过一张标明元素及其原子量排列的简单表格，来试图抓住自然物质世界的本质构成和内在关联。

古希腊的哲学家推测世界由土、火、水、气四种元素构成，亚里士多德加上第五种元素以太，认为这是构成天空的元素，德谟克利特思考原子及其自由意志的存在，中世纪的炼金术士认为汞和硫是决定物质转化的关键元素，门捷列夫完善了元素周期表并以此预测一些还没有被发现的元素，而随着同位素的发现，元素周期表本身也在不断地被丰富和改进……这存在于专业领域的每一次简化，每一次推翻与重建，其目的都是加深、质疑和拓展现有的理解，而非迎合，因此也就不同于发生在公众领域或意识形态领域里的简化。

化学家试图将纷繁复杂的自然现象，简化成一张漂亮简洁的表格，这个从存在到形式的努力，其实非常像文学家把生活简化成作品的努力，而这种简化的努力如果有效，其共同的前提，如莱维所言，是要把简化“看作是一种等待检验的假设”，而非定论。

莱维最好的一部作品，也题名为《元素周期表》。他选取二十一种元素，从惰性气体元素氩、作为宇宙基本构成元素的氢，再到各种金属元素如铁、铅、金、银等，最后落脚在构成生命的基本元素碳，借助不同元素的特性，他把自己所经历的生活世界、化学世界和语言世界都编织其中，形成一个奇妙的文学整体。

莱维一生的写作历程，就是他从生活的混沌中最终析取淬炼出来令人震动的文学元素的过程，深思这一过程，对于今天挣扎在海量信息和思想教条的双重束缚下的我们，尤其有益。

3

写作《这是不是个人》时的莱维，还是一个刚刚逃脱集中营死亡命运的青年，一个从地狱归来的人。三十年后，在《元素周期表》“铬”的一章中，莱维回顾最初的写作经历：

“我觉得把那些故事讲出来能净化自己。我觉得像柯勒律治诗作中的老水手，在路边拦下赴喜宴的客人，诉说着自己的灾难。我写下血腥的诗句，告诉人们或写出那些故事，到最后，变成一本书。写作让我平静，觉得再次像个人，像个普通的有家室、有远景的正常人，而不是个烈士、难民或圣人。”

写作使人平静，而非躁郁；帮助人恢复正常，而非脱离正常；讲述自身遭遇的悲剧和灾难是为了净化自己，而非打动他人。我们从中辨识出一种非常古典的写作态度，这种态度因为发生在一个遭遇最强烈的现代性创伤的人身上，就更令人深思。

这种古典写作态度的背后，是一个人有真正重要的、实质性的故事要讲。在回答《巴黎评论》的采访时莱维说，“如果作家让别人相信自己是诚实的，有一些实质性的东西要表达，那么他几乎不可能成为一个糟糕的作家”，随后，他又立刻补充道，“他必须得把自己的思想很清晰地表达出来。”这种从实质性内容中一次次努力析取出的清晰感，是莱维带给我们的最特别的文学元素。清晰，意味着准确和简洁，这是化学家必须具备的两大特质，却也是莱维作为文学写作者所追求的。因为一个文学写作者予以有效对抗时代的，永远是他的风格，而非意见或主题。假如时代总是虚伪的，写作者的风格就必须愈加诚实；假如时代总是混乱的，写作者的职责就是保持清晰的风格。

在《这是不是个人》中，扑面而来的，还是一种急急忙忙的讲述语调，所有的记忆喷涌而出，他要事无巨细地讲述奥斯维辛集中营里发生的一切，奥斯维辛差点将他淹没，现在他需要通过讲述来重现这种淹没感，像一个溺水者忽然探出水面，他要讲述那种被无边际的大水冲撞裹挟的经历。但到了《元素周期表》，一切都改变了，短暂脆弱的个体生命和遭遇被融入更为恒久的无生命事物中，但个体生命并不因此被再次淹没，而是获得一种极为深刻的穿越时间与空间的共鸣和流转，在这样恢弘的共鸣流转中，奥斯维辛依然存在，但已经还原成某种正常的尺寸，如同被归置在元素周期表某几个方框里的有害元素，或是某几种无害元素在化合反应之后产生的有毒物质，总而言之，奥斯维辛依旧需要被耐心地审视，被清晰地分析，像某种化学样本，但完成作品的作家终于自我拯救为更健全有力的强者，一如奥登所描述的完成《杜伊诺哀歌》之后的里尔克形象：

> 于是带了“完成者”所怀的感激，
> 他在冬天的夜里走出去，像一个
> 庞然大物，抚摩那座小堡。

4

这种改变，至少花费了三十年的时间。莱维曾经讲过，如果第一本书甫一出版就获得成功，也许他依旧会成为一个作家，但却不是现在这种。处女作的失败迫使莱维重新回到自己熟悉的化工领域，找寻一份普通人维持生存的职业，并在工厂工作直至退休。作为一个化学家，他知道失败是常态，化学家从一次次的失败中能学到的东西，比从成功中学到的多得多；作为一个写作者，同样如此。

但从失败中学到一些东西，不同于对失败的颂扬。今天的文学写作者动辄将个体的失败归咎和移情为时代的失败，随后又企图在这样的失败者之歌中榨取某种刺激写作的营养。在蛋与高墙之间，他们高喊着要站在蛋这边，但站在蛋这边并不意味着也成为一颗同样脆弱的蛋，满足于自我乃至他人破碎淋漓的快感，而是说，要有活力去保护和孵育你选择站在其身边的蛋，让它一点点生成为强有力的新生命，成为破壳而出可以飞越高墙的鸟。这样的热力，尤其在最初，在一个人年轻的时候，不可能完全由写作本身所带来。

同样在《元素周期表》“铬”的一章，莱维讲述了在他最初的写作冲动过去之后，有幸遭遇的那个被赋予活力的决定性时刻：他获得一桩具体的探究性的工作——去找出令一大堆油漆“肝化”成废料的原因，并以此体会到工作的乐趣；他认识了一位女子，并且坠入爱河；他的写作也由此被改变：

“写作不再是孤独悲伤的治疗之旅，不再哀讨同情，而是神智清明的建构活动，类似于化学家量度、分割、判断、证明的工作。除了像老兵讲故事的解脱感之外，对写作，我有一种崭新的复杂而浓烈的兴味，就像学生时代破解那些庄严的微分方程式。从记忆深处挖掘出来，找到、选出贴切的词来描述，严密而不累赘，自己感到得意。吊诡的是，原本恐怖记忆的负担，现在倒变成财富与种子。写作好像让我像植物般生长。”

给写作带来新活力的，是爱和工作。终其一生，莱维对劳动和工作都有着敏感的区分，因为奥斯维辛集中营的大门上写着“劳动使人自由”，莱维就此反驳道，劳动不可能使人自由，那种机械的重复性的高强度劳动只会损毁人，使人沉沦，而使人自由的，是工作，尤其是有意义的工作。工作，用自己的手和脑去解决一个问题，努力实现一个目标，这些都给人一种现实感，让人觉得自己是有价值的，同时，也能获得和帮助他人获得生活的尊严，进而，一个人应当将工作视为某种必须面对的、类似康拉德予以揭示的人类处境和命运。莱维视康拉德为自己心目中伟大的英雄，他也一直秉持着康拉德式的生活信念。于是，爱、工作，和写作，对莱维来讲，就有点类似于某种“神圣三元素”式的存在，它们相互滋养，共同将黯淡的个体生命转化为一种植物般沉默的生长。

5

《扳手》一书几乎构思于《元素周期表》同时，出版时间也相近。这两本完全迥异的书之间存在某种隐秘的关联，如果说，《元素周期表》旨在用一种更广大的世界和更简洁的形式，来消化奥斯维辛，作为一个化学家，一个物质转化者，通过写下这些有关个人的化学的故事，莱维完成了另一种转化，即恒久存在的物质流转对于仿佛也会长久存在的精神扭曲的转化，那么，在《扳手》中，借助一个战后长大的装配工福索内对于日常生活与工作的乐观讲述，他所做的，就是对奥斯维辛的漠视。

面对无处不在无时不在的恶和苦难，那些杰出的作家都明白，仅仅满足于做一个见证者是不够的，倘若你没有能力在写作中为之注入一点积极且诚挚的元素，倘若你只是屈从于悲观主义的法则，那么你做的所谓见证，实则就是第二次伤害，无论是对于他人，还是对于自身。

“每个人在自己的一生中迟早会发现，完全的幸福是无法实现的，但很少有人会停下来逆向思考，完全的不幸也是不存在的。”这是莱维在他的第一本书中就呈交给我们的洞见，这种洞见贯穿他的一生，使他区别于其他的见证者，并促成了《扳手》这本可能是莱维最富有生机与活力的作品。《扳手》中的福索内，那个洋溢着拉伯雷式激情和康拉德式诚挚的普通工作者，某种程度上，就是莱维自我的理想写照。

福索内在工作中寻找乐趣并且全身心投入，“即使是最低级的活，甚至越低级，越卖力。对我来说，每份我接下的活都像初恋一样”。而作为一个写作者和一个化学家，莱维与福索内在工作问题上所达成的共识，使得《扳手》遂成为一曲对于工作乃至积极生命的颂歌。

“因为这样的工作教会我们追求完整，用我们的手和整个身体思考，拒绝向倒霉的日子投降，拒绝向看不懂的方程式投降，因为只要你继续看，你就能看懂。而我们的工作最终教会了我们了解事情和面对事情：写作这份工作，因为它容许我们拥有一些创造的瞬间，就像电流突然在一个关闭的电路里流通起来，像电灯亮起，转子转动……当你老了，你能回来看它，它看起来会很美，它只有在你眼中是美的这一点也不那么重要了，你可以对自己说：‘也许换个人就完不成这样的作品了。’”

6

相较于工作和写作，爱，是莱维最少在作品中直接讨论和涉及的主题。通过传记材料我们会知道，莱维从未丧失爱的能力，爱一直是他生活乃至写作的重要背景，但奥斯维辛之后，谈论爱似乎过于奢侈，莱维更愿意在作品中谈论的，是爱的基石，即人与人之间的交流何以可能。

《被淹没与被拯救的》记录了莱维晚年对奥斯维辛乃至人性最成熟清晰的思考，其中专辟“交流”一章，面对现代工业社会日益流行的“无法沟通”的论调，他抗议道，“人们可以而且必须交流，并借此以一种有益而轻松的方式维护自己和他人的心理宁静……说人们不可能沟通是错误的，人总是可以交流的，而拒绝沟通是一种失败”。他用亲身经历强有力地证明，即便在集中营那样的多民族语言混杂的极端环境下，在党卫军将犹太人当作牲畜一样只用他们听不懂的德语喊叫和殴打来发布命令的情形下，那些能够活下来的人，正是竭力去与他人尝试交流和沟通的人，是不放弃用语言来表达思想和相互理解的人。而若想做到很好的交流，单纯只会表达和讲述还是不够的，你还要学会倾听他人，从中慢慢辨别出各种意义，无论是完全不懂的咒骂，抑或转瞬即逝的善意。

采访过莱维的美国小说家菲利普·罗斯敏锐地察觉，莱维不单是可以清晰地表述深邃的见解，他还能够倾听。如果说，是讲述自己故事的冲动使莱维成为作家，那么，正是对于倾听的渴求和随之自我锻造的倾听的艺术，才让莱维成为一个与众不同的作家。

《扳手》中的福索内，如山鲁佐德般不停地讲述一个又一个故事，但《扳手》不同于《天方夜谭》和很多故事类小说的地方在于，其中除了讲故事的人，还始终有一个倾听者“我”的存在。而有时候，这种倾听和讲述还会互换。正是由于莱维在很多地方有意识地引入倾听和讲述这一对关系，《扳手》遂成为一部现代意义上的元小说，它揭示出小说书写其实是一门讲述与倾听相结合的艺术：

“正如讲故事是一门艺术一样——将故事千回百转严丝合缝地编织起来——倾听也是一门艺术，它同样古老，同样精妙。但就我所知，人们从未对此给过什么标准。但每个讲述者都能从经验中认识到，每一场讲述中，倾听者都做了决定性的贡献：一个不专心或爱抬杠的听众会让所有的老师或演讲者烦躁，而友好的听众则会给他们信心。”

福索内的讲述正如我们平时生活中见到的那些喜欢讲故事的人，鲜活生动且芜杂凌乱，会因为一个突然讲述到的无关细节就迅速跳跃至另一个话题，“我”一开始不太适应，但后来某一刻慢慢意识到，“是我，而不是福索内，抓不到故事的主线，那个包含了还不错但没经验的客户和还不错但偏执狂的老板的故事。我请他讲得更清晰、具体些，但同时我们已经走到了河边，有好一会儿我们只是站在那儿，没有说话……”讲故事者可以随心所欲，但抓住故事主线和重新消化理解一个故事，这是倾听者的责任。最终，其实是“我”的倾听和参与，才令福索内讲述的故事变得生机勃勃。

现代小说叙事学高度发达，小说家已经学会各种各样叙述故事的方法、腔调、模式，很多小说中最活跃的角色，不是人物，而是叙述者，一个喋喋不休装模作样如导游般企图引领和操纵读者的叙述者。这很大程度上，已经背离了小说的初衷。如果说，小说从诞生以来就是一门讲故事的艺术，那么更确切地说，它实则是一门讲述能够吸引人倾听的故事的艺术。这个被吸引的倾听者，首先是小说家本人。“你写下的，是你作为一个读者最想读的吗?”塞林格提交给小说家的终极问题，一直都没有过时。一个在学习写故事并渴求被倾听的写作者，首先更需要学习成为一个倾听者，他才能够慢慢懂得，什么是一个故事中真正重要和吸引人的元素。

这种倾听，是一种消化、整理，也是打磨和润色，它捕捉到一个故事中最值得记住的东西，再添加上一些新东西。那些口传故事和童话之所以精彩，是因为它们被无数讲述者和倾听者的心血所滋养。现代小说在丧失口传特质之后，小说书写者本人必须承担起讲述和倾听的双重任务。我们知道，读者反应理论强调读者对于文本的积极参与，而倾听对于小说文本的积极参与，可能早在文本形成之前就开始了，与其说好的小说家是在讲故事，不如说，他是在一次次重新讲故事，在倾听自己内心的故事和他人的故事之后。

进而，小说家如果仅仅满足于做一个讲故事的人，他的故事很快会耗尽，随之他就会遭遇所谓“经验匮乏”，而这样的经验匮乏，当代小说书写者常归咎于时代和环境，但究其实质，只是倾听能力的匮乏。因为即便像莱维这样经历过最离奇、神秘与残酷事件的人，终其一生，他其实也一直在吁请和倾听他人的故事。讲述，倾听，且重新讲述，是这样的循环，以及循环中慢慢逼近的对于人类交流乃至爱的渴求，是构成莱维诸多作品的基本元素。

7

与《元素周期表》与《扳手》之间的对应关系相类似的，是莱维在临终前一年（1986年）所出版的两本书，《被淹没与被拯救的》和《缓刑时刻》。《缓刑时刻》直接以英文版形式出版，是莱维将短篇作品集《莉莉斯和其他故事》中的一部分抽取出来，并另外加入几篇新材料构成的。与《扳手》类似，《缓刑时刻》也是一本迷人的却可能在莱维作品中被相对忽视的小书，它有力地呼应着《被淹没与被拯救的》这本著作的主题，写出了一批在大灾难中被拯救的人。而这种被拯救，在莱维严厉的审思中，实则是一种自我拯救。

作为《缓刑时刻》第一篇的《幸存者》，是莱维的一首诗，里面的“不定的时刻”一词后来成为莱维诗集的名字。

自那时起，在不定的时刻，
自那时起，在不定的时刻，
那痛苦回返：

直到它能找到人来倾听

……

退后，离开这儿，被淹没的人，

走开。我不曾侵夺过任何人，

不曾抢过任何人的面包。

没有人替我死去。没有人。

返回你们的雾中。这不是我的错，

要是我活着并呼吸，

吃，喝，睡觉并穿衣。

无人愿意倾听，是一个恒久的事实，那些被淹没的人，屈从于这个事实，而那些被拯救者，是那些抗拒这种事实，并一直努力倾听他人以及努力被他人所倾听的人。在生命最后那依旧不定的时刻，在被幸存者的羞耻感和见证者的责任感长久折磨的一生临近终点处，莱维写出了一些有能力感受幸福的人，对于这些人来讲，“那些压迫、羞辱和艰难的工作、流亡——这一切似乎全部从他们的身边滑过，就像水流过石头，不仅没有腐蚀和伤害他们，实际上还净化和提升了他们”。这些故事也是对莱维第一本书《这是不是个人》的回应，与那些非人的存在相比，“这些故事的主角毫无疑问是‘人’，尽管那些使他们能够活下来并变得独一无二的美德，并不总为普遍道德所认可”，这些美德或源自信仰，或源自音乐，或源自爱乃至野蛮的生命力。

人，因此就构成莱维最终交付给我们的，最重要的文学元素。门捷列夫认为元素虽然是物质的基础，可以被测度，却不可见，是对不可见物的洞察才构成元素周期表，同样，“人”，其实也是不可见的，是那些杰出的小说家，把这样不可见的人一次次从混沌中析取出来。

算 法

1

特德·姜的科幻小说每一篇都附有一则短短的后记，介绍这篇小说背后的某个科学思想动因，以及要探讨的主题。当代小说家往往忌讳谈论自己作品的主题，因为据说这样的责任应该移交给批评家或读者，但在特德·姜这里，或者说在他所涉足的科幻小说领域，这种谈论其实是一种默认的写作开端。因为，每个优秀的科幻小说家都首先是在预设一个不同于我们经验环境的陌生世界，并塑造某种与我们通常认知相疏离的新视角，在这个意义上，“科幻小说”（science fiction）这个词组中首先被凸显出来的，是其与科学相亲近的一面。科学致力的最新领域往往超前于日常生活，在这个领域中所发生的事情对普通人来说定然陌生和难以理解，我们很难想象一个科学家会把解释一个新发现的物理学定律的责任首先交付给公众，科学家必须自己承担最初的解释责任。特德·姜对自我作品主题的谈论与之类似，但这种谈论并不因此就封闭了读者对于某个科学定律或科幻作品的理解，只要我们记得，任何理解的前提，是一些必要的和共同的知识，而非当代庸俗解构主义所允诺给我们的无知。好的文学和科学一样，是完全透明敞亮给所有健全的心智，而你理解得越多，他带给你的愉悦就越多。

特德·姜迄今只出版了十七个中短篇科幻小说，《软件体的生命周期》是其中最长的一篇，却似乎也最被文学读者冷落。在后记中，我们得知这篇小说的主题是人工智能与人的“近未来”关系，而这种关系，又正是令当下国内文学界最感兴趣的话题之一。

文学界现有的对人工智能的讨论，无论何种意见，几乎都默认了人工智能的强大，但计算机专业出身的特德·姜却恰恰描述了若干个婴儿般弱小无助的人工智能体，这相当程度上体现了在拥有专业知识的人和不知道真相的人之间的感情差异。

在法国科学家瑟格·阿比特博和吉尔·多维克合著的《算法小时代》一书中，作者举过一个学生参与编程的例子，“在课程结束的时候，如果我们问这些学生，他们编写的程序是否智能，他们总是会回答，程序并不智能。一旦学生自己参与编程了，便不再认为这些程序有丝毫的智能。事实上，人们认为一个程序智能与否，似乎取决于他们知不知道程序如何工作”。

这个学生编程的例子当然还过于浅显，但作者也并非要否认人工智能的存在，只是要指出，科学研究的实质就是不断粉碎一些从外部模糊感知到的大而化之的概念，在具体细化的分类范畴中一点点推进，将对一种人工智能的空泛思考转变成对多种人工智能的深入探究。

而好的文学，在探索人类心灵的进程中，难道不是和科学一样，是另一种概念粉碎机吗？也许一次对于科幻小说《软件体的生命周期》的细读，可以更好地帮助我们去理解我们所关心的科学前景，或许也包括文学的前景。

2

在动物园做了六年饲养员的安娜如今失业在家，朋友罗宾介绍她去一家新成立的软件公司“蓝色伽马”工作，利用她训练动物的经验来训练公司设计的人工智能数码体，一种生活在“数据地球”这个网络世界中的虚拟宠物。我们在菲利普·迪克的小说中见识过“电子羊”，而养成类游戏如今也为年轻一代所熟知，但蓝色伽马设计的数码体并非这些意义上的被程序设定好的电子宠物，他更像一个刚出生的婴儿，具有虽然缓慢但可以自行发育的认知功能，包括语言表达和心智交流。

特德·姜在小说一开头就隐秘地指涉了一个在人工智能领域最突出的焦点争论，即人工智能到底属于强 AI 还是弱 AI。所谓弱 AI，即认为计算机最多只是人类研究心灵的一种辅助工具，或是对心智活动的抽象模拟；所谓强 AI，即认为被恰当程序设计的计算机本身就是一种心灵。强 AI 是人工智能开创者和前沿研究者们的信念，而弱 AI 则更被一般公众、职场技术人员和人文学者所接受。现有的对强 AI 最著名的批判论证来自哲学家约翰·塞尔和数理学家彭罗斯，都曾引起广泛共鸣，但后来也陆续被学者指出其论证漏洞，在这里无法详述，我们需要知道的是，特德·姜在这篇小说中的立场是强 AI，但他认为这种“强”并非技术可以解决，和人类养育婴儿一样，复杂心智要在一个与人的长久关系中慢慢生长出来，而这种生长又是极其脆弱的。这表明特德·姜是人工智能领域的内行。

要了解人工智能，就要了解算法。简单来讲，算法是指解决问题所需的一套严格可执行的进程。比方说烤面包的食谱，织毛衣的图样，都属于算法；而压缩文件或密钥设置，则涉及相对高级和复杂的算法，这些都可以被归入传统算法，他们体现的是算法专家在深刻理解某种具体人类处境和需求之后所提出的创造性解决方案，计算机只是人实现其方案的工具，通过给定数据，运行事先编制好的程序。与传统算法不同，人工智能所涉及的机器学习算法，则是计算机根据已拥有的大数据推断，并不断自我改进程序，自己从众多假设中找到最佳解决方案。这种机器学习算法所表现出来的计算机自我学习的能力，非常类似于高级生命的心灵，也是强AI的理论基础，对此的思考相继导致五种机器学习算法学派的诞生：符号学派、联结学派、进化学派、贝叶斯学派和类比学派。这五个学派在具体研究领域并非水火不容，而是互相融入，互相结合的。

在小说中，“蓝色伽马”生产的数码体，是通过一个叫作“神经源”的基因组引擎来培育出来的。这里面暗指的，就是两种机器学习算法思路的结合，即模拟人脑神经元的联结学派，以及模拟基因编组和遗传的进化学派。

3

德雷克是一个动画设计师，负责给蓝色伽马的数码体设计虚拟角色。

他的工作和传统的动画设计师大相径庭，正常情况下，他应该设计好角色的步态和举止，可对数码体而言，这些特征都是从基因组里涌现出来的属性：他的任务是设计一具躯体，该躯体可以用人们能够理解的方式去展现数码体的行为举止。

……他很认同蓝色伽马的人工智能设计思想：经验是最好的老师，因此，与其把你想让人工智能知道的东西编进程序里面，还不如让他们掌握学习能力，然后卖给用户，让用户自己去教。

德雷克和刚入职的安娜有一次争论，关于数码体的设计角色到底是倾向动物还是机器人。德雷克倾向于动物，他觉得机器人会没有亲和感，且比较虚假，但动物饲养员出身的安娜认为，这些数码体的行为根本不像真正的动物，他们天生就带有某种非动物的特质，所以设计成机器人的样子也没什么不妥。安娜的话让德雷克开始思考，也许只是自己太沉迷于动物角色这个想法：

> 数码体不是动物，正如他们不是传统意义上的机器人一样。对于这种新的生命形式，如果他先假定机器人和动物形体能同样出色地表达自我，也许他最后就能设计出让自己满意的虚拟角色了。

德雷克认同人工智能应当自我学习的理念，但他头脑里起初还是有一个“数码体的自我应该如何”的执念，比如说像某个他心目中的可爱动物那样。但自我学习本身就意味着每个生命和其他生命都有所区别，意味着某种不确定性，是一种难以被事先预设的“涌现”。而安娜之所以没有把数码体当作动物，是因为她和动物长久生活过，一个人越深入地接触一样事物，就越能天然地对一些似是而非之物加以辨别。德雷克和安娜是这篇小说的男女主人公，他们一个从事数码体的外部形体设计，一个涉足数码体的内在心智训练，这是小说作者的匠心所在，因为任何灵性生命的内在与外在其实都是一体的，是相互被辨识和发生作用的，同时也缺一不可。

4

数码体的开发训练，是通过喂食虚拟食品所产生的一整套强化学习的激励机制，这很类似于动物训练，所以安娜得心应手。在没进入市场之前，他们只是一代代根据遗传算法和奖惩映射图不断快速进化的程序，安娜要做的是训练和记录每一代数码体程序的特征，不仅包括智力，也包括与人相处的性情，然后交给研发团队进行基因程序组的筛选，留下由最优程序构建成的数码体，在小说中称为“吉祥物”，这有点类似于选种实验所留下的良种，最终把这些吉祥物的复制品交付给市场，让用户自行抚养，像养宠物一样，蓝色伽马公司的利润来源是出售供数码体生存的虚拟食物，只要用户觉得好玩，不断购买虚拟食物，利润就会源源不断。同时，公司员工分别领养吉祥物，继续测试他们的生长状况。

数码体和真实生命的差别在于，他无需睡眠时间，用户若想使之快速成长，可以二十四小时让他运行；他的时间可以暂停，用户可以随时将他停用；也是可逆的，用户可以随时让数码体回到之前的某个时间点重新开始。这几点看起来都很诱人。

以上，是这篇科幻小说在开头部分给出的基本设定，这是扎扎实实的硬科幻，每一步描述都有其隐藏的被透彻理解过的专业知识背景，并快速把我们带到这个领域的前沿，接下来小说家要做的工作，与科学家一样，都是对未知的探索。

5

第一批数码体获得市场的热烈欢迎。但和人类习惯的宠物不同，“不同环境中成长起来的数码体，行为千差万别，根本没法预测。不夸张地说，每个数码体的主人都是在探索一个全新的领域，他们也会互相寻求帮助”。

德雷克和安娜通过关于数码体的在线论坛了解到，太多人只是把数码体视作玩具，而非有意识的生命。有的人只希望享受发号施令的乐趣，却不懂得付出，也缺乏耐心；有的人在遇到数码体不听话时，只会把数码体的时间调回上一个标记点重来，像打电子游戏一样。在经典物理学中，时间的确被想象成一个轨道，处在一种匀速和可逆的运动之中。牛顿力学的世界是一个简单稳定系统，所有计算都可以随时还原到上一个时间点，或者说，可以根据已有条件精确推算出下一个时间点的变化。这和人文学科的感受完全不同，遂也造成十九世纪以来绵延不绝的所谓“两种文化”（科学文化和人文文化）的争论。1977年诺贝尔化学奖得主伊利亚·普里戈金在他的《从混沌到有序》一书中讲道，“‘两种文化’的对立在很大程度上就是起源于经典科学的没有时间的观点与在大多数社会科学和人文科学中普遍存在的时间定向的观点之间的冲突。……但科学正在重新发现时间”。时间如飞矢，有去无回，这是每个生命基本的体验，而当代科学对于非平衡、耗散结构和复杂性系统的种种研究，正是把时间之矢重新纳入考量的结果。

因此，人工智能的崛起绝不仅仅是一次所谓高科技的冰冷发展，更非很多文学从业者泛泛担忧的又一次人文危机的肇端，相反，人工智能某种程度上正是最前沿的科学思想（热力学、生物学、系统论、统计学）和人文思想（柏格森、怀特海、海德格尔）在二十世纪中叶重新走到一起之后的产物，特德·姜对此非常清楚。蓝色伽马的数码体之所以独特，就因为他们的时间属性虽然看起来属于经典物理学系统（可逆，可暂停)，但他们的智能和意识却是在不可逆的时间中自然发展的，并且这种发展和人类一样，也具有一次性和不确定性。那些像打电玩一样不断重启数码体时间点的用户，最终并没有获得一个更令他们满意的数码体。“不具备时间之矢的平衡态物质，是‘盲目’的；具备了时间之矢，他才开始‘看见’”（普里戈金《确定性的终结》)，而所有生命的意义，也来自时间。或者，用梅洛·庞蒂的话说，主体就是时间，“意识是时间化的运动本身”（《知觉现象学》)。

6

有意识的新生命不是玩具，他给已有生命带来的是一种新的关系，一加一大于了二。用怀特海的关系哲学表述就是：要把事物想象成过程，是一个个变化本身构成了生生不息的实在，而每个新实在被创生时，多数实在变成了一个实在，且这多数实在又增加了一个实在。而近现代物理学也同样认识到，自然界不能通过“绝对旁观者”的姿态来描述，不存在被隔绝的客体，自然界的各种成分既互相组成，又组成他们自己，事物本性和关系是互相依存的，而人一旦要去测量和描述自然，也就介入了与自然的关系之中，观察本身就是一种参与。

但并不是每个人都能经得起一场新关系的考验，所以有些人不适合谈恋爱，有些人不适合养小孩，有些人甚至连宠物也不适合养。

蓝色伽马投入市场的数码体在最初收到热烈追捧之后，很快就陷入低谷，因为太多人无法认真地将数码体当作一个真正的生命来对待。他们在享受了最初的新鲜感之后，纷纷感觉在与数码体的关系中无法得到足够的回报。而蓝色伽马为了避免虐待数码体的行为，给数码体都安装了痛感阻隔器，因此数码体对虐待狂也毫无吸引力。既然简单地调回时间点不能让数码体变得更聪明，纯粹加速运行也进展缓慢，那么，大多数不想在与数码体的这段关系中投入太多精力的人，其选择必然就是让数码体暂停，将之在“数据地球”这个虚拟空间中挂起。

只有少数人在坚持，他们自发组织起来，交流各种经验。但这个微小的用户群不足以支撑公司运营，两年后，蓝色伽马倒闭，在关闭数码体业务之前，公司发布了一个免费版的食品发放软件，“让那些仍想养数码体的顾客能永远养下去，但是其他问题就只能靠顾客自己解决了”。

安娜收养了机器人造型的贾克斯，他是“吉祥物”中得分最高的一个，德雷克则收养了来自完全相同基因组的有着熊猫外表的马可和波罗。他们都是这少数人中的一员。其实每个领域都是如此，探索和利用困境永远是少数人的事情，但这是生命中最重要的问题之一，也是机器学习中最重要的问题之一，现在，这些残存的数码体和他们的主人，面临的是同样的问题。

抚养数码体并没有现成的指南，把养宠物或养孩子的技巧用在他们身上有时能成功，有时会失败。数码体的身体很简单，他们走向成熟的旅程中，不会像有机躯体那样因为激素遭遇青春的困境，但这并不意味着他们不会有心境起伏，也不代表说他们的性格永不改变。在神经源基因组所能提供的相空间内，他们的心智在不断探索新的领域。其实，数码体甚至有可能永远也达不到所谓的“成熟”；所谓“发育平台期”的概念是基于生物模型建立的，对于数码体未必适用。他们的性格可能会一直以同样的速度演化下去，直到他们被挂起为止。只有时间能回答一切。

7

数码体并非没有其他的可能，其他公司也一直还在探索数码体的应用。比如有一些人工智能研究者把特别擅长阅读的数码体集中起来安置在一个拥有图书馆的与外界隔绝的虚拟小岛上，然后让小岛加速运行，像温室培育一样，想促成数码体通过自我学习快速进化出一种新的文明。

德雷克认为这个想法荒谬至极，一群被抛弃的孩子不可能去主动学习，不管留给他们多少书也没用。因此他对结果毫无惊讶：每个测试种群最后都完全变野了……研究者的结论是这些数码体基因组中缺少了一样东西，但在德雷克看来，错在研究者自己。他们忽略了一个简单的事实：复杂心智不可能自动产生，不然也不会有狼孩了。而且心智也不像野草，无人照看也能茂盛生长，不然孤儿院里的每一个儿童都应该能茁壮成长。只有接受了其他心智的栽培，一个心智的潜力才可能被完全开发出来。

特德·姜描述的这些研究者，像极了我们在生活中经常遇到的一类人，他们在遇到困境时，习惯把原因归咎于外部，从来不会反思自我，不会把自我纳入整个问题的思考框架中。若用数学术语来讲，如哥德尔不完全定理所试图表述的，如果出现一个在现有公理体系上得不到证明或证伪的命题，那接下来应当尝试拓展这个公理体系，而不是轻易地将这个命题遗弃，比如说研究者既然通过温室培育无法证明或证伪数码体到底有没有复杂心智，那就不能简单推断出是因为数码体自身缺少某样东西的问题，而是应该去思考这个温室培育的预设体系是否有问题。如果再用人工智能方面的表述就是，只有触及自我指涉和自我解释，才是一个系统乃至一个生物体拥有智能的标志，这些研究者探讨人工智能的方式表明他们自己的心智是有所欠缺的。

还有一种尝试，就是放弃数码体的心智培育，只集中在某个具体实用领域，如小说中提到的除草机器人和专门用于破解游戏谜题的"玄思数码体"。这其实是回到了弱 AI 的传统思路上。

我们熟悉的围棋 AI，从一开始的阿尔法围棋到现在的绝艺、星阵等等，其实也是这种弱 AI，它们只能做特定的一件事情，比如说下棋，但可以做得相当好，目前最好的围棋九段高手几乎都要被 AI 让二子。很多文化界人士认为阿尔法围棋和李世石、柯洁之战标志着人工智能终于击败了人类智慧，于是，振奋者有之，哀叹者有之，但无论是振奋还是哀叹，可以说都是既不懂围棋又不懂人工智能的产物。如果人工智能仅仅意味着计算机在某个需要智慧完成的领域超越人类，那么大概从图灵机的时代就已经超越了，达特茅斯会议的诸元老也不用为之争论不休了。事实上，围棋 AI 的胜利只是标志着“深度学习”算法的突破，这是从弱 AI 向着强 AI 迈进的关键一步，而这种算法正是源自对人类类比思维的学习，也就是前面提到五大机器学习算法中的类比学派的最新分支。在机器算法领域，最早的符号学派是基于规则的学习，最近的类比学派是基于实例的学习，而围棋恰恰是一个既注重大量规则（定式），又注重实例（千古无同局）的游戏，因此也正是一个可以将这两种新旧算法加以结合利用的最佳测试对象。所以围棋 AI 的研发对于人工智能界是大事，但对于人类世界而言，其实依旧还只是人类智慧的一部分罢了。我们可以再看看围棋界对 AI 的反应。棋手们在最初的轻蔑和怀疑过后，迅速拥抱了 AI，目前大概所有职业棋手都采用 AI 作为训练工具，很多过去的定式被瓦解了，新的定式又在源源不断产生，各种新的着法层出不穷，围棋 AI 带来的并不是围棋的失败，而是新一轮突破，没有棋手会以参考 AI 下法为耻，相反，他们公认 AI 对棋道的理解更深刻。日本棋圣藤泽秀行曾经有句名言：“棋道一百，我只知七。”这句名言在围棋 AI 时代复活，棋手们都认识到 AI 只是人类追求道和艺的一个最新工具，或者说，AI 是和人类在一同追求。

围棋如此，文学同样如此。出版了诗集的微软小冰让很多不写作的人迷惑，但认真的写作者大概会把小冰写的诗就当成一个正常的文本来审视，像读任何一本或好或坏的诗集一样。我们先假设小冰以后可以写得很好，但人类社会是否曾经因为某一位强力诗人的出现就放弃诗歌呢？从来没有。相反，每一位强力诗人都极大地更新和推动了现有的诗歌。如果有一天机器写作达到了某种类似阿尔法围棋的突破，那么看看目前围棋界因为 AI 所焕发的生机，写作者自当为之欢欣。

更何况，相对于围棋，诗呈现的是一种更为复杂的心智。用特德·姜的话来说，这种复杂心智不可能通过自动训练产生，它需要经受其他心智的教育，复杂心智需要在与其他复杂心智的环境关系中，慢慢生成。而就目前的微软小冰而言，其训练写诗的方法据称是对五百多位现代诗人的诗作正读、倒读各一万遍，用层次递归神经元网络，通过阅读来获得语言的表达能力。这种粗陋的训练方式类似于前面提到的特德·姜所描述的温室培育，可以说离复杂心智的要求还相距甚远，同时，其对于诗的生成机制的认知也流于表面。因此，就算某一次小冰写出了一首非常好的诗，那它也依旧无法摆脱弱 AI 的属性，正如在打字机上碰巧打出莎士比亚诗句的猴子也还是猴子。

8

几个月之后……接下来的一年里……又一年过去……又过了一年……又过了两年……

在这篇小说里，这种拙朴的时间叙述贯穿前后，作者仿佛要我们一起加入这漫长的不可逆的时间洪流，去体会一种真正的心智成长的艰难，由此我们也可以理解这篇小说所必需的长度。

在安娜、德雷克和其他少数人的悉心教育下，为数不多的神经源数码体的智力发展水平迅速，同时也在虚拟社区中呈现出良好的人际交往能力，就像人类的少年一样，这些都超越了其他公司生产的数码体。但接下来，神经源数码体遭遇自诞生以来最大的危机。

最近一次流感疫情过后，经济陷入了衰退，虚拟世界也随之发生变迁。“数据地球”平台的创建公司瑞山数码和“真实空间”的母公司维萨传媒发表了一份联合声明：“数据地球”即将并入“真实空间”……对大多数用户来说，这不过意味着他们可以不用登入登出就能往返于更多的虚拟地点之间了……然而神经源引擎却是个例外，它没有对应的“真实空间”版本，因为蓝色伽马在“真实空间”平台出现以前就倒闭了。换言之，神经源基因组下的数码体是没有办法进入“真实空间”的环境中的。对千纸和花百姿数码体而言，迁往真实空间意味着全新的开始；可是对贾克斯和其他神经源数码体来说，瑞山的声明等于是宣告了世界末日。

贾克斯、马可和波罗们只好在志愿者临时搭建的私人服务器里玩耍，但这显然不能让数码体们满意，因为在私服环境里只有数码体和他们的主人们，不再有各种各样不同于他们的数码体和陌生人的存在，大家都跑去“真实空间”了，数据地球的私服渐渐像一座鬼城，游荡着为数不多的神经源数码体。

特德·姜在这里想指涉的，是一个封闭系统无法促成智能的持续成长，即便这个封闭系统内部拥有最好的老师。这个观点，同样是最杰出的人文学者和科学家在最近这一两百年里逐步达成的共识。没有什么比19世纪发现的热力学第二定律更能表明，一个封闭系统最终面临的命运，即不可逆的熵增过程最终导致的死寂，或者称之为热平衡态。有人因此担心宇宙的终点，但宇宙已被证明并不是一个封闭系统，一个健康的社会、一个健康的生命体乃至一部健全的文学作品同样也都不是。翁贝托·埃科讨论过“开放的作品”，卡尔·波普尔详细地论证过人类历史上的种种封闭社会是如何一点点被瓦解的，纳博科夫坚信，“凡是能被控制的决不会完全真实，凡是真实的决不会完全被控制”，而科学家从宏观的非平衡宇宙到微观的分子生物学领域再到人工智能领域的种种研究，也很好地验证了人文学者的这些洞见。假如我们认为一个系统的智能标志是该系统对于有序的意识，如科学家对于蚁群和化学钟的观察，那么这种有序的来源，恰恰是非平衡，是动荡不安充满种种不确定因素的不稳定系统，如同每个正常生命所置身的人世。用普里戈金的话说，是“非平衡使有序从混沌中产生”。

要再次进入一个开放系统，唯一的解决方案是重写神经源引擎并把它移植到“真实空间”的平台上，但这得请专业研发人员做，需要大量经费，对于只剩下二十个人的小用户组来讲，这是一笔难以承受的开销。安娜和德雷克为了筹集经费四处奔走。

9

安娜和“幂级器械”公司的研发人员见面，想让后者投资神经源引擎。

这是一个生产家用机器人的公司。他们的机器人是传统的人工智能，其技能都是事先编好的程序，而不是后天习得的。虽然它们用起来确实方便，但没有真正意义上的意识。幂级定期发布新版本，每次都声称新版向消费者心目中的理想人工智能又迈近了一步。在安娜看来，这一连串的升级就像是向着地平线奔跑，虽然让人产生不断前进的幻觉，实际上却一点都没有离目标更近。

好的小说源自对现实的洞察，科幻小说并不例外。上面一段描述，基本就是我们目前市场上所有打着人工智能旗号的产品写真。而特德·姜的讽刺也极富穿透力。

幂级售卖传统人工智能机器人，是为了获取资金研发他们心目中的理想人工智能，“一个只拥有纯粹认知的实体，不被任何情感羁绊、不被任何身体束缚的天才思想”，“一个完全成熟的软件版雅典娜”，或者说，一个速成的“超人智能”。他们忍受不了神经源数码体的这种缓慢而不确定的进步，事实上，大部分消费者也忍受不了，因此当幂级声称自己的机器人的智能在不断朝着理想智能更新，购买者也就乐意相信。这是人性的弱点，即愿意相信自己所希望的，而不是相信真实，商人与政治家会利用这样的弱点，但艺术家往往是要和这样的弱点做斗争。

幂级的思维悖论在于，他们希望用人为干预的优化来创造出超人的智能。安娜认为这是不可能的，这依旧是忽略时间的决定论思维模式投射到新兴技术领域所造成的普遍局面。自然界的多样性与神奇，是用亿万年的时间演化而成的，人的进化也花费了数百万年，假如有超人的存在，他首先也必须经受一个不那么短暂的时间。而时间带来的，是不可替代的经验。

她想告诉他们，蓝色伽马那时甚至都不知道自己有多么正确：经验不仅是最好的老师，而且是唯一的老师。如果说她在抚养贾克斯时学到了什么东西的话，那就是没有捷径。如果你想创造出二十年的生命所带来的常识的话，那你就得投入二十年。你无法在更短时间内建立一个同等价值的探索体系，经验这个算法的时间复杂度是不能被压缩的。

10

德雷克的妻子并不想要一种抚养数码体的生活，但数码体的成长已经成为德雷克的志业，婚姻的纽带除了孩子，就是志趣，在他们之间这二者皆无，因此离婚也是时间自然会带来的一种结果。

德雷克喜欢安娜，但安娜一直有男友，德雷克只好把自己的喜欢放在心底，只保持一种志同道合的朋友关系。现在有关神经源引擎的资金来源似乎只剩下两个选择，一种是安娜接受“多维体”公司的高薪聘请，去帮助他们训练玄思数码体，条件是必须使用一种可以释放爱意的药物“捷立亲”，公司认为爱意是高效训练的重要保证，但安娜的男友反对这样做；另一种选择是来自“零一欲望”公司，他们看中神经源数码体的情感发育潜力，希望可以购买某个数码体副本的非专有使用权，然后训练和改造这些副本，使之成为可以信赖的性伴侣，再卖给顾客。安娜对此坚决反对。德雷克和他的两个数码体谈论了一下零一欲望的提议，没想到的是，马可对此表示出极大的兴趣。这让德雷克陷入了两难：他可以听任安娜去接受药物洗脑，这样安娜和男友的关系可能会破裂，他也许可以因此得到安娜，但这样的得到并不高尚；他也可以尊重马可的自由选择，卖掉马可，以此换取其他数码体的未来，但他和安娜的关系一定会受到伤害。

我们可以看到，特德·姜在这本探索人工智能的小说中，始终没有忘记首先探索属于人的困境。因为，教育首先是教育者的自我教育。高贵和美无法从卑劣中产生，如果我们希望未来的人工智能拥有道德感，那么我们这些培育者首先就要具备道德感，如果我们恐惧人工智能非人性的一面给人类的伤害，那么我们首先要清理自己身上的非人性。小说最后的结局是开放式的，一切都在继续，所有热切生活的人，所有充满可能的数码体。

计算机领域有句格言，“你没法了解某样东西，直到你能用一套算法将其表达出来”。物理学家费曼常说，“如果我无法创造某样东西，那么也就无法理解它”。在这个意义上，特德·姜的科幻小说可以也看成一种他所创造出来的算法，为的是和我们一起去理解令人激动的未来。

能　力

1

某小说家获奖之后在报刊撰文，谈论当代文学生活，在罗列了一堆作家-批评家（也包括詹姆斯·伍德）的名字与言论以彰显智识之后，他表示小说和智识没有直接关系，因为小说的父母据说分别是戏剧和口头史诗，所以小说不用知道太多道理也可以写成。我想，他大概并没有读过荷马和阿里斯托芬，更不用说莎士比亚和《吉尔伽美什》，否则他不会做出这样奇怪的断言，而他实际上想说的近似于文盲的“小说的父母”，或许，作为他个人的体会，是模仿（对应戏剧），和个人耳闻目睹的经验（对应口头史诗）。当然，每个写小说的人大概都是从模仿和经验起步的，八十年代大家明着学马尔克斯、福克纳，如今大家偷着学村上春树、卡佛、波拉尼奥，这确实不需要太多道理，但学到一定程度，加之个人青春经验与地域经验用完，中年之后便纷纷露馅，江河日下，当然，到那个时候也并不一定单是缺乏智识了。虽然这位小说家在文章结束之时，愿意第一个报名来“公正地热情地朴素地讨论小说”，我就觉得，他也许能够做到热情和朴素，但恐怕很难做到“公正”，因为“公正地讨论小说”不是一种愿望，而是一种文学能力。这种能力，是和智识息息相关的。

任何一个认真写作的人，都不会惧怕智识以及基于智识的讨论，他们担心的，不过是以智慧为名的虚妄和以知识为名的教条。而这种虚妄和教条，并不能依靠反智来克服（一个惧怕被洗脑的反智者最终的命运是被最低劣的东西洗脑），而只能依靠更强有力和更宽阔的基于智识的自由论辩，具体而言，就是依靠文学批评的力量。二十世纪二十年代，法国批评家蒂博代曾经勾勒出三种文学批评的样态，即媒体批评、学院批评和作家批评，他认为这三种批评之间无休止的争论将确保文学的活力。一百年过去，我们看到这三种批评不仅对抗，也在不断相互渗透，相互吸收，共同推进着文学读者和写作者的智识水准。

2

“时代发生了改变，”詹姆斯·伍德在他那本薄薄的回顾性著作《最接近生活的事物》里说，“曾经被称为理论之争的讨论已经以富有成效的僵局结束。大略地讲，困境中的双方都赢得了胜利——受人珍惜的正典之作最后并没有被粗暴地取代，而正典则被极为丰富地扩充了；所有的文学批评家，甚至是传统派，都从解构和后结构主义那里学到了重要且充满变革意义的深刻见解。”

《破格》《小说机杼》《不负责任的自我》《私货》《最接近生活的事物》，伍德迄今为止的五本文学批评著作都有了中文版，这对于文学读者实在是一个福音。其中，《破格》《不负责任的自我》《私货》是不同时间段的单篇评论的结集，即实用批评，而《小说机杼》借助大量文本实例讨论小说这种文体如何展开它的工作，即原理批评，《最接近生活的事物》则通过自我回顾，言简意赅地讲述小说、批评乃至生活的深刻关联和要义。这五本书构成一个立体的批评世界，他教给我们的不是一套新奇独特的理论框架或才华横溢的个人判断，而是一种姑且称之为“文学能力”之物。这种东西闪闪发光在他每一篇谈论文学的文章中，以至于我们不会简单地认为这仅仅是乔纳森·卡勒所定义的那种隶属于结构主义诗学的“文学能力”，即体现理想读者对过往文学程式的了解，我们会认为，这种东西就是文学本身。阅读伍德的著作，就是在通过感受这种文学能力来认识文学到底是什么，正如我们通过人的诸种能力的极限发挥来认识人本身。

3

这种文学能力，首先是一种描述的能力。对于小说家，描述的能力不可或缺，这意味着可以生动准确地还原某种完整生活场景，借助严肃的细节观察、敏锐的语言听觉，以及沟通陌生与熟悉、宏大与微小的独特比喻；而对于批评家，他必须描述的，是文学作品，他必须有能力将文学作品言简意赅地描述出来，而非简单地概述情节和总结主题。

在谈论他所热爱的弗吉尼亚·伍尔夫的批评风格时，伍德说：“在她的批评中，比喻的语言成为一种以自己的口音与小说对话的方式，唯有这种方式可以尊重小说终极的不可描述性。批评家便是用比喻来避免以成人的简明来欺凌小说……一切批评进程本身都是比喻性的，因为它处理的是相似性。它问：艺术是什么样？它像什么？如何才能对其做出最好的描述，或重新描述？如果艺术作品描述了自己，那么批评的目的就是用它自己的不同的语言重新描述艺术作品。但是文学和文学批评共用同一种语言。在这点上，文学批评与艺术、音乐及其批评完全不同。这可能便是詹姆斯谈及批评家的'巨大的越俎代庖'时的意思。批评地描述文学就是再一次描述，却好像是头一次。"

这几乎可以作为伍德的夫子自道。在他的文章里，扑面而来的，是类似这样的比喻性描述。他比较易卜生和契诃夫，"（易卜生）他总是为人物系紧道德的鞋带，让一切都整洁，体面，可知……而契诃夫想到的'生活'是一种扭捏的浑浊的混合物，而不是对诸事的一种解决"；他用比喻的方式谈论梅尔维尔对于比喻的热爱，"他选择的明喻是一次相似性的握手，握住了就不容他脱身"，"我们一次又一次忍看比喻蹒跚而行，眼见它快要倒下，忽而又柳暗花明"；他描述巴别尔的文风"不断强制将不同的时间挤进同一个时间的签名……巴别尔不管任何先后，他来回穿梭，撕碎叙事的礼仪，将所有的细节都糅进永恒当下的拳头”；他讥讽保罗·奥斯特的作品浅薄，“这些小说简直是哼着小调一路下去的”；形容约瑟夫·罗斯的文风是“从身后和侧面走近意象，然后爬向有点抽象的东西”；他赞赏柯勒律治的比喻像警句一样闪烁，如“斯威夫特是住在干燥之地的拉伯雷的化身”……

第一次，从一个文学批评家那里，我见到比喻获得如此严肃的、接近于认识论式的尊重与运用。

4

伍德当然知道在文学批评中大量采用这样的比喻性描述除了令人击节，也会引发读者的不安。读者会隐隐觉得自己正在被诱导做出某个价值判断，这判断不是基于作家的文本，而是基于批评家针对文本的比喻性描述。在《最接近生活的事物》的第三章《物尽其用》里，伍德从对他产生深远影响的一本文学批评启蒙读物说起，系统回顾和梳理他理想中的文学批评及其方法，他引述哲学家特德·科恩在《他者的思考：论隐喻的天赋》中的论述，即批评家使用隐喻，不是一种“为价值判断创造理由”的修辞策略，而是期待他能和读者共同抵达某种“视野一致性”，“总而言之，隐喻是认同的一种形式，小说读者与小说人物的等同就是一种认同，所以是隐喻式的飞跃；而批评似乎以同样的方式在运作，通过展现视野的一致或类同、一种比喻性认同的行为，借此，批评家实际上是在说：‘我会努力使你如我一般看待文本。’”

其实作家做的工作也是如此。在评述索尔·贝娄的文章中，伍德在引用诸多贝娄小说文本的例子之后说，“优秀的作家往往会提升读者，就像运河水闸，读者在作者的层面游泳，忘了支撑他们的中介。不久之后，读者可能想当然地认为贝娄的细节本来就这么丰富，可能不会注意到口琴上的小方格被称为‘牢笼’，不会注意到灯泡里的钨丝看起来不只是粗壮而是奇妙地‘松动’……我们突然吃惊地意识到，贝娄在教我们如何看，如何听，在教我们如何打开感官”。

要注意“我们突然吃惊地意识到”，其实批评家做的工作，也不过是先跻身普通读者的阵营，再悄悄地把普通读者提升到和批评家一样的位置，在抵达某种“视野一致性”构成的“我们”情景中，使“忘了”和“想当然”的读者自己去注意小说家是具体如何看，如何听，如何打开感官的，也就是说，从操作层面去理解小说这门技艺。

因此，文本细读的能力，就成为另一种必须和比喻性描述能力相匹配的文学能力。

5

伍德的文章中充满了各种各样的文本细读，从叙事、情节、人物意识、细节到句法乃至用词。这种立足于审美感受的文本细读，确保伍德式的比喻性描述不至沦为一种自说自话和凌虚蹈空。他很钦佩美国文学批评家埃德蒙·威尔逊，《私货》里最长的一篇文章就是为威尔逊而写的，但在标举威尔逊种种强劲恢弘的批评风格之后，他依旧不满威尔逊对于审美的漠视，“在他的作品中，很难找到对深沉的文学之美的深入解析”，他指出威尔逊“不乐于引用他所讨论的文本，这令他的批评有时像是执着于概括总结，仿佛文本存在的意义在于转述和总结、被粉碎成清晰的散文”，因此，“读者会不安地一次次发现，自己对威尔逊的评论对象的了解愈多，威尔逊对自己的帮助就愈少”。

而阅读伍德的感受恰与之相反，读者对伍德的评论对象了解愈多，很可能会发现伍德给予的帮助就愈大。

以托尔斯泰为例。人人都读过托尔斯泰，或者自以为读过。有大量关于托尔斯泰的评论，不过是在努力说服我们一位伟大作家是伟大的，并且敦促我们去膜拜伟大。而伍德希望做的工作是，分辨出我们从阅读中确切感知到的托尔斯泰式的伟大究竟是何种独特类型，以及探讨他是如何在小说中做到这种伟大的。伍德先后写过两篇关于托尔斯泰的评论，分别讨论《安娜·卡列尼娜》和《战争与和平》，他指出，“托尔斯泰透明的艺术——作为中性感光底层的现实主义，像空气——使之很难解释，我们往往只有气急败坏地陷入重言：为什么他的人物那么真实？因为他们很有个性；为什么他的世界看上去真实？因为它很真实。诸如此类”。他认为甚至托尔斯泰本人也未必能就此阐释得非常清楚。而伍德相信这种阐释的艰难正是批评的开端，也是检验一个批评家文学能力的时刻。

伍德自称是罗兰·巴特的忠实粉丝。和巴特一样，他抵抗各种“功能性批评”，抵抗对于作品中人物的心理学分析，对文本的主题学分析，以及对于文本细枝末节的社会学分析。巴特曾以摄影机一帧帧分解骏马奔跑动作的能力为例，认为他要做的工作与此相仿，即去分析这一切被文本唤起的审美感受是如何（也唯有）在极其细致的慢速阅读中被解析出来的，而伍德的愿望也与此仿佛，他因此极其赞赏柯勒律治的莎士比亚剧评，他认为柯勒律治“是从诗人同行的角度切入莎士比亚，想看明白莎翁如何创造他的人物”。

但伍德同时也在默默抵抗巴特“阅读理论”的游戏式激进，正是这种激进使得文学批评在20世纪后半叶变成各种理论家施展才华的试验地，杰出的理论家指鹿为马，平庸的学生照猫画虎，而学院之外的普通读者则被遗弃，被抛掷给出版商和文学市场。

伍德因此抱怨巴特不顾及普通读者，“他写起来的架势似乎毫不希望任何普通读者能读能懂”。在这一点上，伍德继承了众多英国作家-批评家特有的长处，即努力使用可以交流的日常语言去触及深刻。和伍尔夫一样，伍德一直为报刊写作，他被美国学院派视为媒体批评，但按照伍德的理解，批评就是要立足于世上，利用一切可以利用之物，而非躲在学术的高墙后面。

6

詹姆斯·伍德的文学批评最独特的创见或美学标准，是小说中的人物究竟有无具备摆脱作者控制的自由意志。

他因此最推崇的小说家，是契诃夫。他认为在契诃夫的小说中，人物经常会忘记他是契诃夫的人物，他某一些瞬间的思绪似乎飘到了小说之外，“这种自由意识的运动出现在文学里，大概还是第一次”，“相比之前的任何作家，契诃夫都更彻底地变成了他的人物”，契诃夫看待世界，“不是以一个作家的眼光，而是以他的人物的眼光”，契诃夫的文学天才赋予他的人物一项前所未有的自由，即“他们可以像真正自由的意识一样行动，而不是作为文学人物被指使”，契诃夫的巨大成就，是“把忘我代入了小说”。

以此上溯，伍德找到了莎士比亚。他指出莎士比亚实际上发明了小说里的意识流，莎士比亚任凭人物自由奔跑，跑向一个无关紧要的地方，借助戏剧独白，并在独白中自由地摆脱自己，也摆脱剧情。进而，伍德从亨利·詹姆斯那里找到一个词——“不负责任”，“亨利·詹姆斯对小说家的总体要求是去创造自由的人物，‘不负责任，说变就变’”，因为小说中的人物只有在“不负责任”的时候才最真实，人物“顽固地拒不跟随他的创造者的美学”，他才能够突然活起来，像真正的生活里的人，像每一个自行其是、无力自知其无知、又执着于思索的普通人。这是文学不同于哲学的特殊任务，即“如何再现每个人独特的自知”，这也是文学得以长久对抗各种思想暴政的根基。

借此，伍德重新梳理出一个他所心仪的小说家谱系：塞万提斯、斯特恩、狄更斯、汉姆生、契诃夫、乔伊斯、普鲁斯特、伍尔夫、福克纳、贝娄……而他文学批评最凶猛的炮火，则倾泻在那些企图如暴君般操纵人物、把人物始终作为功能性傀儡存在的当代小说家身上。他怒斥托妮·莫里森的小说《天堂》是一种假魔法，“她失败的地方是迫不及待地把她自己的语言和人物的想法混在一起……如此一来她便压缩了人物的个性与自由”；毫不留情地讥讽品钦，“品钦的人物不会打动我们，因为他们并不是人，他们只是寓言的农奴”；虽然他欣赏朱利安·巴恩斯，却也指出，巴恩斯的问题是作为作者知道太多，“小说应该把自己交给读者去完成，而不是让作者完成。这种轻声共谋是小说不可或缺的一种美”；他犀利地指出麦克尤恩一直在操纵读者，他知道读者想要什么，这非常“邪恶”；他最有名的有关“歇斯底里现实主义”的指认，认为在拉什迪、德里罗、品钦、华莱士乃至扎迪·史密斯的那些“雄心勃勃的大小说”中，“充满了非人的故事”，里面的人物“不是真正意义上的活人，不是完整的人”……

7

如今多元主义盛行，伍德的人物美学虽然有力，仍难免会被认为是一家之言。被禁锢的头脑总喜欢大谈保卫分歧，然而假如这个分歧不是基于深入而持久的相互辩论、相互说服，那就不是保卫分歧，而是保卫各自固有的成见。

在一次访谈中，伍德提到批评的艺术即说服的艺术。如同伍尔夫对于罗杰·弗莱的描述，“他自己相信并且说服其他人相信，他所看到的东西确实在那里”。

批评正是一门说服的艺术。做一个批评家，就是要说服另外一个人，接受你的价值观或者审美观，希望另外一个人慢慢接受自己的想法，被自己影响。而这种说服的过程，其实首先是对自我的检验。因为你倘若要去说服另一个人，你就必须先放弃自我的成见，去设想另一个人的心灵，他为什么会这么想，他想的有没有道理，诸如此类。也就是说，说服另一个人的过程，就是打开封闭自我的过程。同时，说服的艺术也意味着，一个批评写作者始终在期待被另一个作家或另一个批评家说服。而这正是我们在阅读那些杰出文论著作时经常遭遇到的事情，我们被他们说服了，被另外一些比我们更优秀的心智所说服。而这个意识到自己被说服的过程，不是坠落和失败，恰恰是自我提升。

伍德《小说机杼》中最精彩的一部分，就是关于人物的论述。我们在这里看到的，根本不是基于某种个人美学或理论倾向的厚此薄彼。伍德远远超越了诸如圆形人物和扁平人物这样的二元分类法，我们在这里看到的是，更多的文本，更多的理论，更多的人物。伍德决意穷尽所学，说服我们“不存在什么‘小说人物’，有的只是千千万万不同类型的人，有些是圆的，有些是扁的，有些具备深度，有些只是漫画，有些力求写实，有些只不过轻笔涂抹”，“小说是演绎例外的大师：它永远要摆脱那些扔在它周围的规则”。而要演绎例外，就需先通晓规则，通晓却不屈从，如同生活，其“本身永远都险些就要变成常规”，却并没有。

而艺术，借用伍德对于乔治·艾略特的引述，是“最接近生活的事物”。

朝霞

1

他讲述一些冻雨和大雪的故事/把他们与收音机和电视中的传说混杂在一起/那些来自寒冷的人/他们自己就是冬天

——彼得·德皮特《来自寒冷的人》

转引自程德培《一个黎明时分的拾荒者》

吴亮的《朝霞》先发表于《收获》杂志长篇专号，数月后，再由人民文学出版社出版单行本。此种先见诸期刊再付梓成书的次序，虽然为同时代众多长篇小说所共有，但对

《朝霞》而言，仍具有特殊性，它意味着《朝霞》有机会被一部分读者阅读两遍，起初作为文学期刊意义上的长篇小说，在密集的小号字体中苦苦寻觅故事和历史的线头，并不断地被离题的议论和高密度句法所困扰；随后，作为一部有抱负的作品，一个疏朗宽阔有待人纵身其中的世界。而被阅读两遍之后的《朝霞》，或许才会挣脱黎明的束缚，向着白昼展开。

重读，是的。现代小说发展至今，几乎已经不存在文体意义上的荒野，现代小说吸纳一切，你可以想到的任何一种独特表现形式中，都伫立着一些巨人，而同时，也必然簇拥着一批或平庸或聪明的、致力钻研成功学的模仿者。因此，单单是文体的指认和类比，并不能说服一个现代小说读者，因为一旦有标记，就有赝品存在的空间。重读，以及在重读中被催生出的继续阅读的渴望，是最朴素的试金石，就像，人不能第二次踏入同一条河流，但那些有力量召唤人们第二次踏入并置身其中的，我们才称之为，河流。在第一次阅读中，我曾以为存在两个吴亮，隐秘的讲故事者和公开的雄辩家，他们彼此斗争，相互消耗，让人疲惫，而在重读中，他们奇妙地合而为一，从那曾被删除又被恢复的“-1”小节开始，从被唤起的写作欲望开始，“写作就是把自己的传统想办法传递出来，让它成为一个物质存在”。我看到他们合在一起，共同讲述有关冻雨和大雪的故事，讲述“那些来自寒冷的人”（借用程德培在评论《朝霞》时所引的诗句），他只能如此讲述，因为“他们自己就是冬天”，他因此需要冬天的文法。

2

不是拒绝历史难题，而是无力谈论历史难题，甚至不相信有可能为自由谈论历史铺平道路，反讽，戏仿，怀疑，申诉，揭露乃至不屈不挠地抗议与否定，都试过了无数次，哗啦啦哗啦啦，不讨论，装作看不见，拖延，模糊是非，够好的了，他最烦那些喋喋不休的理论，一个既定目标，一套清晰的计划，一组区分好坏善恶的标准，自上而下推动的运动，一个接一个的形式，名目繁多不一而足，似乎为了获得某种效果，使这个庞大机器运转正常，还不仅如此。

——《朝霞·0》

《朝霞》从一个难题启动，关于历史的。这里的历史，并非遥不可及的史书传奇，而是与此刻活着的人有关，关乎他们记忆中漫长的冬天，和因此背负的命运。年长者时常会义愤于年轻一代没有历史感，他们实际上是要说，你们对我们曾遭受过的苦难没有感受，而我们遭遇过的，那才是历史啊。有这样自负的年长者，就有企图讨好这样年长者的年轻人，于是，历史成了盛放苦难、罪恶、不祥之物以及和解泪水的宝盒，有人避之唯恐不及，有人却挟之以自珍，还有人按图以索骥，刻舟以求剑。历史，成了今天的小说家企图在国际、国内文坛达臻的某种效果。

无力谈论历史难题，和宣称正面强攻现实，是一体两面。于是我们随之在半个世纪以来的国产小说中看到的，既非历史，也非现实，只是一堆效果，一幅幅按照某种既定目标，某套清晰计划，某组区分好坏善恶的标准，某种主观意志推演出来的效果图。缺乏强力智识的小说家每每以反抗的姿态臣服于政治机器与民众的逻辑，他们在各自的小说领地尽情演绎主奴关系的各种变体。

《朝霞》的作者断然反对这一切。他像一个闯入奥吉亚斯牛圈的赫拉克勒斯，为了清洗历史的污秽，他引入过往生命的洪流。

3

把无法重现的昨天——这个昨天包括一切刚刚过去的那个瞬间——从记忆的混沌牢笼中解放出来，不依靠影像与图片，是一项不可能完成的任务吗？

——《朝霞·2》

昨日重现。追寻逝去的时间。这不可能完成的任务，恰是文学要做的事。《朝霞》的“昨天”，从邦斯舅舅开始。邦斯舅舅，巴尔扎克最后一部长篇中的主人公，帝政时代的遗老，一位失败的创造者和深具品味的鉴赏家，就此化身为吴亮第一部长篇中归来的流放者。他为单位来看望他的人开门，把一顶绛红色绒线帽“拿在手里来回地折叠，一折二，再对折，然后复原，用他的大手掌抚平，重新一折二，再对折，就是不给那一男一女让座倒茶，把他们堵在门口说话，后来邦斯舅舅对他外甥讲青海劳改故事，外甥发现舅舅手里在折一张糖果纸，一折二，再对折……”

要重现昨日，追寻时间，就要摆脱简单过去时的展示，摆脱起源和线性发展的诱惑，时间不是从某一固定时刻开始的，也并不在某一刻结束。“昨日”，吴亮企图要追寻的二十世纪六七十年代上海，它既从此刻二十一世纪“刚刚过去的那个瞬间”开始，也同时从似乎全不相干的古远处开始，比如，十九世纪的巴黎。昆德拉赞叹那些后普鲁斯特时期的伟大小说家（卡夫卡、穆齐尔、布洛赫，等等），说他们极度敏感于几乎被忘却的前于十九世纪的小说美学，他们要越过（不是拒绝，只是涵盖）刚刚形成传统的十九世纪现实主义（社会批判的或心理写实的），从更早处，从十八世纪式的思索、游戏和幻想中寻觅小说的生机。吴亮在《朝霞》中要做的工作某种程度上与此类似，只不过，他要越过的，是蔚然大观的二十世纪小说美学（社会主义的或现代主义的），不是拒绝，只是涵盖，他暗暗回到十九世纪，从邦斯舅舅那，重新领受被遗忘的巴尔扎克的灵韵。

可以在这个意义上重新理解《朝霞》中议论和故事的关系，不再简单地断定文论式的思索如何大肆侵入故事并拓展（或毁坏）小说的艺术，而应当反过来看，是有生命温度的言语、细节和行动不断重新席卷和吸纳那些似乎突如其来格格不入实则蓄谋许久的宣叙调式议论，安慰它们，谅解它们，必要时给它们以空间，好一同构成崭新的小说。

4

他的母亲建议邦斯舅舅陪朱莉去虹口公园走走，两个人一起晒太阳，朱莉说，医生讲她不能晒太阳，不然面孔脖子会起疱疹。

夹竹桃香味刺鼻令他不适，但是猫屎的异味更加难以忍受，关于这个问题他问过宋老师，问她为什么要养猫，他觉得宋老师干干净净的，身上气味非常好闻，为啥要养龌蹉扒拉的猫咪，宋老师说，猫咪清爽的，天天汏浴呀！

父亲说康生是中国捷尔任斯基，他们都是党内理论家，一个乡村俄罗斯应该变成金属俄罗斯，金属是我们的未来，林林说，捷尔任斯基再厉害没有列宁厉害，艾菲说，那当然，捷尔任斯基排斯大林后头，林林说，你不懂，艾菲说，哼，孙继中问，你说嘛，你复旦大学生，林林说，不关大学生啥个事体，大学生不及工人阶级，孙继中说，那为啥，艾菲说，因为是伟大领袖讲的，孙继中说，去去去……

那一次学校家长会上，他们因同时迟到而认识了，两个人站在教室门口轻声说话，她问他是哪个同学的家长，他说我儿子叫李致行，你呢？她说，我认识李致行，他经常到我家来玩，噢，我知道了，你就是艾菲妈妈？她笑笑，摇摇头说，不是的，我是沈灏妈妈。

……

——《朝霞·0、1、3、4》

《朝霞》中的大多数人物，都是这样，在说话中自然出场，在闲谈中被我们一点点认识。我们先听到他们的声音，轻言细语，像是从老式里弄的晦暗晨曦中被隐约听到的屋内窗外的人声，零乱的、突兀的、没有去向的……它们共同开启新的一天。写作者并不着急于情节的发展（一个从序幕到高潮再到结局的有计划的阴谋），相反，他只是倾听，往记忆的深海中放下测听器，他倾听鱼群和珊瑚的呼吸，他知道它们一直都在那里，并没有消失。他等待，一个失去的城市缓缓浮现。

倾听他人的声音，让另一些人自己说话。这是一种久被遗忘的小说能力。我们的当代小说中，充斥着精心（匆忙）炮制的虚假对话，以及喋喋不休的自恋自艾。小说当然需要叙述者和主人公，但在大量打着现实主义或现代、后现代主义旗号的小说中，竟只有一个人物是活着的存在，那就是小说作者本人，他充当小说的主角，或者，在比较好的情况下，他也尝试把权力分摊，分身成几个角色，但总归是他，幕后掌控一切的老大哥只有他。有时候，我不知道这究竟是一种文学才能的匮乏，还是长久驯育后的合谋，抑或皆而有之。我们的诸多小说家往往不自觉地企图绝对操控他们的读者，他们似乎是某种制度的受害者和反抗者，同时，他们又是同谋者和施暴者。这种阉人和暴君混杂的腐朽气息，弥漫在我们的文学之中，令人难以呼吸。

需要有一大群真实活着的人的声音升起，像一场无意义的大雪猛然降临在深夜，覆盖这一切，让空气重新变得清冽。

5

一九七一年九月某日夜饭之后，他们四个人又猫在路灯下打扑克，孙继中艾菲搭档，江楚天李致行联手，隆康坊大战淮海坊，他和纤纤在旁观看……纤纤说，阿诺你哪能一句话不讲，他们三个人铁定是要打牌的，孙继中江楚天李致行，还有一个艾菲，你不想想，扑克牌是艾菲的，你好意思跟艾菲抢最后一个名额吗，阿诺？

“阿诺”就是邦斯舅舅的外甥，那个“他”。

——《朝霞·19》

《朝霞》的主人公，最初的叙事启动者，邦斯舅舅的外甥，那个第三人称的“他”（在很多小说初习者那里，作品中的“他/她”几乎就是自我遮遮掩掩的替身），我们直到第19节才知道其名字，此时小说进程已逾五分之一。

这是意味深长的时刻。虽然或许对吴亮而言并不成其为精心的安排，他只是忠实于他在小说书写时的感受。他是成熟老练的文学读者，声誉卓著的批评家，但在小说写作——至少在长篇小说的写作上，还是一位新手。一位想通过长篇小说重现或创造一个昨日世界的新手，他势必在最初时刻要遇到一个难题，即，从何处开始？用什么样的视角乃至语调去开启那个世界？像大多数新手一样，他选择了一种自然和切实的方式，即从自我最深刻的记忆开始；但和大多数新手不同，吴亮确信一个狭小的“我”不足以构成一个世界，尽管带上第三人称的面具，依然有另一个身为批评家和职业读者的吴亮在审视着“他”，“他”遂在书写中试探，又在试探中前行。

《朝霞》始于一九七六年九月，也终于一九七六年九月。像一场梦。“他”选择在那个旧世界看似结束之日醒来，梦游者一般，去敲响另外一些沉睡者的门，唤醒他们，倾听他们说话，让他们再去唤醒另一些人。而“他”大多数时刻是沉默的、隐身的。吴亮深信维特根斯坦所说的，“语言只有在生活之流中才焕发意义”，同样，为了让“他”成为有意义的存在，“他”需要先唤醒那很难唤醒的生活之流，借助另一些人的眼睛，另一些人的声音。

而当某个时刻，“他”意识到这个世界已然渐渐自行运转，“他”听到最初的爱人在唤他的名字，阿诺，阿诺，从这一刻起，一个更强有力的叙述者开始长成，接替“他”的任务，“他”恢复原形，成为少年阿诺，融入那个日渐沸腾的世界。

6

李致行：是这个吗？

阿诺：请吧，真正的兰州黄花烟。

江楚天：继中，你也来一支。

阿诺：我们四个，只有我们四个，多久没见了？

江楚天：一九七一年秋季，我们一起打牌。

孙继中：那天还有艾菲，五个人。

李致行：还有纤纤，不是吗，阿诺忘记了？

阿诺：没忘记，我问的不是这次。

孙继中：多少年啦。

李致行：啊，让我想想。

阿诺：那天筹备反到底战斗队，半夜了，我们爬到培文公寓八楼平台上。

江楚天：是啊，那是一九六七年一月，夜里很冷。

李致行：饥肠辘辘，身无分文。

江楚天：有钱也买不到食品，我记得，当时我们口袋里有一点零钱的。

阿诺：整整九年了。

孙继中：这个烟还是有点呛。

……

——《朝霞·21》

《朝霞》中的人物对话有两种形态。一种我们之前已经略微提到了，是类似金宇澄《繁花》中的上海闲话，不分段，无引号，间接引语一逗到底，松弛，散漫，是涓涓流淌的生活之流；还有一种，则如此节所引，是某个具体空间内的稍显紧张和大量省略的戏剧对白，哈罗德·品特式的。

“找到特定环境中的两个人物，把他们放在一起，听他们说什么，自己不去干预。对我而言，环境总是具体的和个别的，人物也是具体的。我从来不从任何抽象的观念和理论出发开始写戏，从来不把我自己的人物想象成为死亡、宿命、天堂或者银河等寓意的传达者，换句话说，无论它是什么，它都不是任何特殊力量的寓意表现。当一个人物无法舒舒服服地用平常的术语加以定义或者理解的时候，那么人们就倾向于将他置于一个象征性的架子上，这样就安全了。一旦到了那里，人们就可以议论他，但是不必和他相处。

……

假设人物拥有他自己的能量，那么我的工作就是不强加于人，不迫使他们进行虚假表达，我是指不强迫人物在他不可能说话的地方说话，以他不可能有的方式说话，或者说他永远不可能说的话。作者与人物之间的关系应该是一种双向的、彼此十分尊重的关系。如果说要从写作中获得某种自由的话，那么它不是来自迫使人物摆出某种事先安排好的、精心设计的姿态，而是允许他们自己行动，给予他们真正的活动空间。这会是极为艰难的。而不让他们活起来就会轻松许多，容易许多……”

可以借助哈罗德·品特在《为戏剧而写作》里所说的这番话，去观察和理解《朝霞》中层出不穷的人物对白。这些对白不承载任何寓意，因此它们让那些习惯被寓意和象征牵着鼻子走的读者感到不安，以致产生重度的不适。它们到底要表达什么？它们的意义何在？反映人物性格？引导故事情节？表达作者意旨？刻画时代特征？让一个被傀儡戏美学驯养的民族摆脱这些牵引绳般的问题是困难的，但这正是好的文学要做的事，即，召唤出每一个个体的自由存在，即便是在地狱中，如卡尔维诺所说，有志向的文学作者也要“在地狱里寻找非地狱的人和物，学会辨别他们，使他们存在下去，赋予他们空间”。

某种程度上，《朝霞》的作者比品特走得更远，借助小说这种文体强大的吸纳力量，他放任那些自己行动和交谈起来的人们再次走入晦暗，让那些未完成的戏剧对白停留在碎片的状态，听任时间的车轮继续滚滚向前，抑或向后。碎片，《朝霞》中那些显而易见的碎片，绝非拼图或花瓶的碎片，也不是什么先锋或后现代伎俩，这里没有任何“叙事圈套”可言，任何密码学式的拼合努力都将宣布无效，但这种无效不是作者的责任，就像在那些冷战或极端年代，任何窃窃私语都有可能被解释成有计划的阴谋，而这种荒唐显然并非私语者的责任。作者根本不是故意要打碎什么，他像一个诚实的考古学家，而非制作古玩的工匠，这可能是他和很多同样试图书写历史的小说家的主要差别。

7

必须把这个隐藏着的历史从光天化日之下再次以文学的方式隐藏起来，不是揭露和控告那些早已作古的偶然性，也无须追述他们的过犯推翻他们的定论，只有这样一个观念才是符合文学伦理的：将芸芸众生从记忆的瀚海中打捞出来，既不是个人诉讼更不是集体纪念。

——《朝霞·54》

存在有关文学的伦理，以此为基础，谈论文学趣味和风格的差异才有意义。《朝霞》无比坚决地反对过去四十年以来通行的文学观念，以文学伦理的名义。历史，不同于史书；就像文学不同于文学史，后者都是某个特定阶段权力的产物。一切权力终将朽败，不朽的，是历史，那始终已经发生的，面朝着当下不断退向过去；以及文学，那不断可能发生的，面向过去而不断地被推向未来。文学的伦理，就是个体生命摆脱权力机器的驯化，一次次抛开史书和文学史的教育，重新独自拥抱历史，一次次将那些沉沦于过去瀚海中的生命奋力打捞出来，复活他们，让他们重新成为今天的一分子。

在《朝霞》中，我们看到一个史书和文学史上都从未有过的、生气勃勃的七十年代，事实上，任何一个年代都可能是生气勃勃的，只要它摆脱了某种子乌虚有的意义（或牺牲）的重负。

使过去的复活，并不是自欺欺人的幻想，而是反方向的浪漫主义变种，它需要一种方法要求，借助某种文学虚构形式，简化的印象主义肖像学，以借入的手段，文本的滑动和信息的交叉跑动，越过平面描写，选择它们，压缩它们，解放那些浅显常识，克制隐喻，这是一种说服自己的写作，一次反普鲁斯特和法郎士的特殊使命，为此不惜回到巴尔扎克甚至司汤达，它向过去开放，它等待过去的读书人……肤浅的思考、过时的知识、原始录音式的苍白对话，庸庸碌碌，纷繁、凌乱、无秩序、琐碎、普通，大量不值得回味的段落，经不起分析，这恰恰是它所要的：它一直在那儿，它根本上排斥阅读，如生活本身一般无意义，不管这个时代曾经如何黑暗，或正相反，它如何伟大与光荣。

——《朝霞·82》

8

要声称写“排斥阅读”的小说，你得先拥有“吸引阅读”的能力。这是一个基本逻辑常识。就像，号称往左走的人，想必已知道右在何处；你要描写现实之恶，一定得先懂得“现实的善”；你想描摹黑暗，你须先领受过光。拉斯特·希尔斯有一段话切中肯綮：“一个写作者如果能用詹姆斯·乔伊斯在《都柏林人》中所表现的那种得心应手的技巧来写作短篇小说后，他才能继而发表像《为芬尼根守灵》这一类的试验性作品。——而不是倒过来。文坛新手们问鼎试验主义以掩盖其技巧的阙如，这是屡见不鲜的。”（《模式化小说与高级小说》）

吴亮虽然是长篇小说新手，但在《朝霞》中真正令我惊讶和赞叹的，倒不是他眼花缭乱的文体、汹涌句法和叙事时间的游戏（今日很多年轻的小说写作者或也可以做到这些），而恰恰是他生动还原日常生活场景的素朴能力。正是在这一点上，他堪称天生的小说家。

《朝霞》中写了好几桩男女情事。沈灏妈妈和李致行爸爸，阿诺和陌生的殷老师，阿诺和青梅竹马的纤纤，翁柏寒和他大伯母……都写得相当好看、真切、诱人。我乐意统称这些为情事，而非将之一一区别，称这桩为爱情故事，那桩是畸恋、婚外恋或单纯的性事。张爱玲在自己的短篇集序言里引用《论语》的话，“如得其情，则哀矜而勿喜”，情就是实，那实际发生的情感和事实，它们糅合在一起，共同构成唯有当事人才能明了（或也未必能完全明了）的、未贴标签的生活。我觉得在面对男女情事时，《朝霞》的作者几乎也做到了“哀矜”，这使得他可以平等相待他所创造的这个世界中的每一对男女，他仿佛就坐在他们欢愉的床边，静静地端详着他们，也借助他们端详自身。他的描写，坦荡直接，饱含让人难以忘怀的细节，却干净，甚至让我觉得感动。很多当代中国小说家尤其是男性小说家，在书写男女之事时，时常显得或矫情做作，或肮脏猥琐，他们视女性或为圣母或为荡妇，这反照出他们自身，一种男权与奴性、自卑与自恋的历史结合物。相较而言，在这方面，《朝霞》的作者，是

《雅歌》而非《金瓶梅》的后裔，他一定感受过爱的芬芳。

9

全世界无产者联合起来，年底照例工会讨论今年的补助事项，聊补无米之炊，一张缝纫机票，四张棉花票，党中央伟大领袖关怀，艰苦朴素作风还是要继续发扬，好日子当穷日子过，四张棉花票给谁？大家评议评议，不要锦上添花，要雪中送炭，民主协商，发扬风格……公司领导进一步提出具体建议，中国老传统，可以采取摸彩的方式进行，人人有份，充分发挥社会主义的优越性，现在我们先选出一个三人小组，再由他们三个人监督这次缝纫机票摸彩。

如果你不小心踏进迷途，塔吉亚娜请不要寻找借口，所有的记忆都不值得留恋，等你看清镜子里的自己，一切缘分断了又重新开始，请耐心等待，音乐以读谱的古老方式激发爱的力量，你知道其实两者无关……每当你不再害怕，生命漫无尽头，候鸟般迁徙不是你归宿，那些陈旧课本只是安抚。

——《朝霞·8、22》

让我们再重新审视一下《朝霞》中触目可及也可能会最被人诟病的议论片段。除去那些言说写作自身的元小说片段，它们尚且还可分为两种，一种是作为历史和公共记忆的语言，语录体的，集体性的滔滔不绝的声音；另一种，则是埋藏在个人心灵深处的、颤音般时断时续的旋律。它们同时存在，权势寄寓其中的套话和充满个人意志的私语，前者被断言被重复而后者抗拒传播，索绪尔意义上的“语言”和“言语”的对峙，它们本身当然并不足以构成文学（企图单纯从中挖掘意义自然只能换来单纯的头昏与愤懑），但恰恰是文学令它们同时展现在我们面前，并悄悄进入其中，挑逗、消解、扭曲、放大、偷换、比较……而整个这样的过程，似乎又不断指向罗兰·巴特在法兰西学院就职讲演时所确认的那个“文学”，“这种有益的弄虚作假，这种躲躲闪闪，这种辉煌的欺骗，使我们得以在权势之外，在语言的永久革命的光辉灿烂中，来理解语言结构，我愿将其称作文学……而文学中的自由力量，取决于作家对语言结构所做的改变”。

我们终于说到了“自由”，一个在文学领域同样危险的话题。需要指出，《朝霞》不是因为标举“自由”（像某些文学造反派那样）才成其为文学，相反，它是先有能力成为“文学的存在”，然后，才会吸引我们谈论其中所蕴藏的自由。

10

关于“最后”这个词条的几种不同释义：

马立克：政治家喜欢讲最后的斗争，但是他们从来没有最后。

李兆熹：最后，就是站在上帝面前。

朱莉：最后是分手。

洪稼犁牧师：补充兆熹兄弟一句，《国际歌》里的奴隶，原文应该是罪人，最后的罪人。

什么叫最后，就是一场最后的斗争，就是英特纳雄耐尔，但是马克思为什么选择了巴黎，而不选择上海呢，你们说，这是为什么？

这是最后的斗争，团结起来到明天，作为为了人民的平等与解放的英特纳雄耐尔涌动的灵魂，战斗的欲望，愤怒，厌恶，赞美暴力，破坏与创造的神秘启示，把自己投入集体洪流，想象自己不再是一个人，从灵魂深处发生剧变……这是最后的斗争。

——《朝霞·12、33、64》

《朝霞》令评论家程德培最强烈的阅读感受，竟是越写越好，“尤其是下半部，尤其那结尾，写得如同开局一般”。

小说家当然可以自比创世者，他可以轻易地开始一部作品，但小说家又终究只是活在人生中途的人，他难以预想末日审判的真实场景。大量的小说都失败在后半程和结尾处，这或许最终并非小说家才能的差异，而是出自“需要结局”的小说和“没有结局”的生活之间的根本矛盾。或许稍好一点的解决方式会是，放弃对于小说结局的设计，不断去寻找新的起点。

《朝霞》阅读到后半段，读者会惊奇地发现，故事开始变得连贯。例如，一场冬天的八人饭局竟然几乎不间断地延续了四节、约十四页的篇幅，这在非线性叙述四处飞舞的小说前半部是不可想象的情况。或许是那个夜晚太耀眼，“那个一直被反复深情回忆并绘声绘影描述的银色夜晚”，又或许，吴亮在小说大体成形之际想起了最初鼓动他撰写长篇的金宇澄，他需要一场精彩的七十年代饭局，好与《繁花》中诸多精彩的九十年代饭局书写遥相致意，一种小说家技艺内部的问候。

正如程德培所指出的，在《朝霞》的后半部，那些“有活力的要素”开始“自我融合”，但《朝霞》后半部的好处还在于，这种融合和日渐连贯的故事并没有被诱向刻意的结局，像这个书名所预示的，这种融合正在形成的，仅仅是一股清新振拔之气，像是还有无数的晨曦，无数即将展开的世界。

“我们新中国的儿童，我们新少年的先锋……”在《朝霞》最后响起的歌声，是吴亮隔着四十年的时间灰幕所听到的，反讽与温柔。而他之所以有力量树立这早已宣告破碎的希望在小说的尽头，是因为他已然理解何谓“最后的斗争”。与结尾处突然升起的《中国少年先锋队队歌》相呼应的，是反复在全书中回荡的《国际歌》。“这是最后的斗争”，或许正是这样坚定对抗黑夜的歌声激励吴亮在六十岁之后开始书写关于冬天的小说，并迎来寒冷而崭新的创造。

上　海

1

因为无法沟通，传说中的巴别塔没有造好，其实也并没有夷为平地，它停留在半空的废墟，慢慢变成了我们的大都市。

我想谈谈上海的半空，并思考一下那些白天黑夜身处半空的人，假若所有高楼的墙面都在瞬间透明，所有的高架桥梁都突然隐形，我们会看到超过一半的上海人，在半空中行走坐立，一些人走在另一些人的头顶上，而这些人的头顶上还有另一些人。有时他们还会相互跨越，踩踏，或者拥抱。但他们的眼泪和笑声都飘落不到地面，就已被吹散。

我在上海的第一份工作，地点是在福州路书城的十四楼。单位里有个乒乓房，兼作休息室，大落地窗朝西，几个沙发随意放置，下午有很好的阳光，并能看到日落。我没事的时候喜欢溜过来抽根烟。在人民广场一带，十四楼不算高，外面则是另一片没什么看头的高楼，当然，它们都不是透明的，所以没什么看头。在下方，沿着广东路一直到西藏中路这段，有一片老式的低矮的上海民居群，无论晴天或雨天，我的视线总是最后落在它上面。那起伏有致的屋顶像一片暗红色的波浪，偶尔有一只白鸽掠过，让人凭空会去想象，那一片暗红屋瓦下的主人，正在做些什么?

写字楼里，往往是吸烟室风景最好，因为需要真正的视窗。比如我有一次有事去朋友的办公室，他在忙，告诉我顶层十五楼有个小吸烟室，我上去一看，真是个好地方。几平米的斗室搁着一张小圆桌和两把椅子，虽然逼仄，但坐在那里抬眼就可以见到下面和平公园的绿地，有蓬勃的树，平展的草地，还有一些运动的人，我从高空俯视他们，不再觉得这斗室的局促，就像我夜晚坐在楼宇间的空地仰望星月。风呼啸地吹进眼睛。

有一年，我在汉中路的十楼上班。有时会从格子间里跑出去放一会风，站在电梯口一旁的北窗向外望，除了没有名字的高楼外，唯一生动的，是对面的一个大汽车站。每天进进出出的人和车很多，不过即便只是从十楼的高度望下去，那停车场竟如儿时的天井，那些大巴士就是玩具汽车，而那些进进出出的人呢，仿佛是来自另一个国度——利立普特国，也就是《格列佛游记》普及版里的小人国。我不用去作遥远而艰辛的旅行，每天在高楼上就可以看到那些利立普特人，遂想着，等自己下班走在这街上，也会成为另一些看客眼中的利立普特人。

我想谈谈上海的半空，并思考一下那些乘高速电梯直上东方明珠、金茂大厦旋转餐厅抑或环球金融大厦顶层的人们，以及在温暖的春日身处锦江乐园摩天轮里相互亲昵的人们，还有那些在冬天一点点退守至屋檐楼顶的雪。在上海的半空，他们如何浮现又消失。

某次，搭一个艺术活动的便车，和一个远道而来的老友在外滩三号七楼顶层餐厅的阳台上说话。周围很热闹，手上餐盘里盛着各式美食的服务员四下游走，但朋友视若无睹，并对我说，这些东西都不好吃，她同时视若无睹的，还有对面巨大而绚烂的广告牌和暗黑色的河流一起构成的，让这些上海半空中的用餐之所以成为一种奢华的，所谓夜景。

忘记是在哪本小说里看到，有个人说要去看夜景，另一个人就很奇怪的，你去的地方连一点光亮都没有，看什么夜景呢？那个人说，夜景，不就是夜的景色吗？

2

上海如今时常被称作“魔都”，这样的称谓虽带有上世纪前半叶新感觉派的旧痕，但也确可印证此时此刻的种种现实，只是我总记得卡尔维诺在《看不见的城市》书末的话：“在地狱里寻找非地狱的人和物，学会辨别他们，使他们存在下去，赋予他们空间。”

我从学校毕业后有好几年的时间，都租住在复旦大学后门外的运光新村一带。在各种以“豪园”“都城”“名苑”为名的高档商品房小区出现之前，新村，这种为解决工人居住问题而大规模兴建的五至六层连排水泥住宅，曾是上海人在上世纪后半叶最普遍的生活形态，也是上海作为一个工业重镇的最大遗迹。如今，虽然昔日的工厂大规模地消失或搬迁，但很多的新村依旧顽固地存活着，它周边几十年来慢慢生长出的成熟配套生活环境和相对低廉的租房价格，庇护着那些渐渐老去的原住民，以及很多无力购房的外来户。

我起初是和几个原本就同寝室的好友合租，一起生火做饭，喝酒打牌，那感觉好像延期毕业一般；后来就慢慢分开了住，但都还在这一带。东西向的巴林路、运光路，南北向的辉河路、伊敏河路，构成一个四方形，十分钟就可走完一圈，我们就散落在这个小小的圈子内，忙时沉寂，闲时走动。这里的小区绿化都不错，夏天时蝉鸣如雨，小区里有本地居民看见我们拿着一端套着塑料袋的长竹竿威武地在树下逡巡，便问我们在做什么，答曰抓知了；又问，抓知了干什么？我那个山东同学白了他一眼，义正辞严地说了一个字：吃。

骑个自行车，要逛书店的话，就往北，几分钟后穿过复旦南区，国权路、国年路一带的学术书店、打折书店还有旧书店比比皆是，直至如今，我依旧觉得，没有书店可逛的居处是荒凉的，而当时的我们生活在一片繁华地。往南，穿过中山北路的内环高架线，也就几分钟的时间，就到同济大学本部，那里有一片最热闹的足球场，不大的一块人工草皮，被书包和矿泉水瓶摆成的小门切割成五六块小场，每个下午都人声鼎沸，球友不分校内校外，因为场地小，大家都只好走技术流的路线，螺丝壳里做道场，倒也非常海派。复旦这些年大兴土木，连一块能够踢球的空地都容不下，于是，同济的那块球场更显珍贵。

我是在搬离运光路之后，偶然回去看朋友，才蓦然惊觉曾在一片暧昧之地住过这么久。短短几百米的小马路上散落着六七家足浴店和洗头房，那些外乡女孩子在夜色里安安静静地坐在玫红色的玻璃门内，与周围的五金杂货店、小饭店、花店以及便利店，与那些陈旧的方块水泥住宅楼，怪异地融为一体，如同人间深河，收藏一切的悸动。

复旦大学正门外的邯郸路，这些年已经像被“面目全非脚”踢过一般，而后门外的生活，一直没有什么变化，像是有“还我漂漂拳”的保护。蝉鸣依旧，书店依旧，球场依旧，洗头房和小饭店依旧。只是当年一起住在这里的我们，如今都已纷纷离去，一直坚守的那个曾在夏天抓知了来吃的朋友，前阵子也在遥远的宝山买了房。

当最后一个朋友离开这里，我们便不再有什么理由回来，后门外，就会真正成为一种散乱记忆的汇聚所，而不再是看待世界的出发点。

3

我住在张江已经好几年了。上海世博会之前，张江高科是地铁二号线东向的最后一站，之前一站是龙阳路，过了龙阳路，地铁就渐渐由地下升至半空，视野也一下子明亮起来，越过一大片荒凉的田地和没有什么人烟的破败房屋，地铁尽头掩映在绿色中的张江就像一块安静的飞地。

说是尽头，又不准确。这从张江高科站外的地面看得比较清楚，那轻轨在张江高科站之后其实又在半空延伸了一小段，还跨过一条小马路，然后戛然而止，像断掉一样。好像小孩子画图，画了一大半，但一下子没有想好怎么收笔，索性就先放在那里，玩别的去了。我每次下班坐地铁到张江的时候，总有一种幻想，想它假如刹车失灵停不下来的话，会不会径直地从那个断口冲出去。

在张江高科还是终始点站的很长一段时间，下班时间企图从这里下车是一件颇苦恼的事。因为每扇门前已经挤满了企图抢到起点站空座位以便坐着回家的张江男，你如果还要坚持先下后上的习俗，那么对不起，你会在门口遇到一堵由张江男组成的黑色人墙，他们会理直气壮地把你重新挤回车内，并且告诉你根据堆栈溢出理论推演，搭乘地铁当然应该先上后下。

吃了几次苦头，我就变聪明了。以后下班再坐地铁回张江，车门打开后，我就坐在位子上按兵不动，等到进出的人潮厮杀完毕，那些挤不过人的女孩子拉着吊环扶手，看着满是人头人脚的车厢很愁闷时，我再起身下车，把座位让给其中的一位，那感觉仿佛圣诞老人一般。

飘风不终朝，骤雨不终日，在上下班的充满理性的汹涌人潮过去之后，张江的马路，也许是整个上海最爽朗明媚的马路。

张江的马路多以科学家命名，要知道一条路的走向，单看名字就可以晓得，中国名字的是东西向，如祖冲之路、李时珍路、张衡路；外国名字的是南北向，如高斯路、牛顿路、伽利略路。马路都很宽阔，更宽阔的是路旁的绿化带。在主干道祖冲之路的两侧，有的绿化带都约莫有四五十米宽，并且层次丰富，在行道树和低矮灌木的后面，每每是大片草地及各种花树，掩映着诸多园区和学校。在这样的路上行走是一件惬意的事，不会被各色烟气、噪音以及迎面而来的人流所打扰，不过，习惯于三五步就有一个便利店的上海人，到这里也会极不适应，假如炎炎夏日你走到这里忽然想买瓶水，很可能走过几条马路都不能如愿。

也因为没有什么店铺，张江的马路是不适合都市人停留驻足的，也不能给人留下什么特别的印象，比如食客提到阿娘面馆就会想到思南路，文青提到渡口书店会记起巨鹿路，类似这样的荣幸不属于张江的马路，号称做得出上海最好吃的蓝莓芝士的甜品店虽然张江也有，却是被困在美食广场里面，不能被路人甲偶然邂逅。

我有印象的马路，只是我每天都要经过的路。从我住的小区出来，沿着一条小马路步行到张江高科地铁站，大概要一刻钟。在二号线延伸段开通之前，我每天上下班都要在这条路上走，路上很安静，却有一种贵气，因为旁边坐落着华师大二附中，那是上海最好的几所中学之一，它的围栏内侧是一片密集的竹林，时常有野猫的踪迹。路旁还有一个幼儿园，可以透过栅栏看到里面的滑梯。春天的时候，走着走着会见到一大片野草地似的地方突然开出华丽的鸢尾，秋天的时候呢，可以见到路旁别墅区里的大树上挂满了柚子，是无人问津的寂寞样子。

路的另一侧，本来是一大片被围墙圈起来的荒地，据说已经冷落了许久，从缺口处可以见到里面呼啦啦疯长的野草，晚上经过的时候还有一种萧瑟。但这两年，整个张江的造房运动也已经悄然展开了，也许未来有一天，张江的马路旁也会遍布店铺，我趁这一天还未到来之际，先写下这些。

4

我要说的，是上海的地铁，不是北京，也不是成都。前者过于衰老，总会招致沮丧；后者过于年轻，容易引发狂欢。我要说的地铁，是时值盛年的上海地铁。

倘若你足够诚实，不玩弄虚华，在上海这样一个地方行走，或者从外地刚刚回来，看见地铁的标志，就只会觉得安心，如同见到 24 小时便利店一般，又仿佛在大海中见到灯塔。即便你足够有钱，可以自驾，在上海这个地方，你也没法开飞机或坦克，无法像坐在地铁里的人那样，自由和飞快地穿行于地下和半空，在迷宫般的世界里，唯有他们对目的地和时间都拥有清晰的预判。

虽然尤瑟纳尔曾经把地铁比作冥河，虽然每个人似乎都会背诵庞德的诗篇，“人群中这些面孔幽灵一般显现/湿漉漉黑色枝条上的许多花瓣”，但我们要知道那都是在上世纪初的巴黎，电力还不充分，也许还是瓦数不高的老式白炽灯，摇摇晃晃，没有中央空调，只有从黑暗深处窜出来的风，也许还有老鼠。但在新世纪的上海，在这样一个被华东电网乃至全国电网重点保护的都市，所谓阴暗和幽灵其实只生长于地上，生长于每一座高楼的背面，为它们所灌溉，而在地下，总是四季如春，灯光明媚。

这里是散播小广告者的天堂，他们三五成群呼啸而过，那些小广告名片在他们身后慢慢降落，覆盖在我们身上；这里是流浪歌手的天堂，他们很多是在地铁通道出口处，抱着吉他腼腆和骄傲，有时他们也会鼓足勇气闯进地铁车厢。我就见到过这样的一对歌手，也许是夫妻，也许是情人，总之，他们在我握着地铁车厢扶手摇摇晃晃最沮丧难过的时刻，忽然走进来，带着大功率音箱和吉他，开始唱新年快乐的歌。对我而言，那是一个非常诡异的瞬间，我看着他们，男的已经是中年，其貌不扬，但唱歌的时候整个脸忽然就亮了起来，女的看着柔弱，似乎只是伴唱和收钱的配角，但当她最后独唱一曲的时候，你知道这歌声只能出自一个强悍的灵魂。在他们留下的歌声中，我并没有就此快乐，却仍觉得深深的安慰。

在这些偶然的插曲之外，裹挟地铁的是无聊，而最需要安置的不是双足，是目光和时间。但现在有很多高科技帮助解决这个问题，比较内敛的，通过手机或电子阅读器看小说，比较自我的，用PSP打游戏或看电影，更嚣张一点呢，则用iPad或笔记本打游戏，当然，前提是他拥有一个座位。更勇敢一点的，是去观看他人。比如我有一个朋友，就喜欢在车厢里画速写。那么多的人，一动不动又各具姿态地坐在那里，还不收费，尤其在那些非高峰时间段里，地铁里并不拥挤，甚至宽敞明亮，我的朋友就坐在那里，手里拿着速写本，不动声色地观察变幻的面孔，那幸福的感觉，好像置身于图书馆吗？

当然，像我这样既不适应高科技也不会画画的人，大多时候只好对着车厢玻璃照照镜子，抑或低头看看书报。除非有什么超现实可以围观。就像有一次，我身旁坐了一位魔方男孩，他娴熟地将四乘四的魔方玩出六面，然后再飞快地拆散，然后再玩出六面，仿佛只是在做一个最不动头脑的机械活，我虽然在看书，也能感觉到整个车厢的目光都集中在那块几乎都要被折腾散架的魔方上。还有一回，我身边坐了一个中年女人，手上捧着一本赞美诗，我起初以为她在默读，后来才听到她是在歌唱，只是那歌声低微，只有我听见。

我会在无意间，搜集一些这样的时刻，仿佛观看吕克·贝松的电影，从而明白所谓浪漫、温柔乃至热情这样的东西，即便在没有阳光的地方，也是可以发生的。

5

外面的雪下得真好看。尤其从我现在身处的二楼阳台看出去。

看出去其实是一个院子，在上海这里，算挺大的。院子里有一大块草地，前阵子刚刚翻过土，细小的衰草被一律掉转脸庞，俯向泥土，现在还有些湿土没有被雪覆盖，所以白一块黑一块。草地边有几棵小香樟，还绿着叶子，同样常绿的还有一株桂树，不过，香樟的绿和桂树不同，它的叶子并不是一直不落，只是要等春天新叶长成之后，才会悄悄脱落，所以给人以错觉。这错觉，是隶属于时间的，又让我想起博尔赫斯在谈论时间时引用过的话，一颗苹果要么还在树上，要么已经落地，并不存在一个中间状态，如同我们的生活，或者过去，或者还未来临，没有一个纯粹的现在。

没有一个纯粹的现在，这么想想，其实是挺好的，可以给人安慰，而同样可以安慰人的，是说我们的生活永远只有现在，就像香樟的树叶，就像我们的身体。

其实草地的对面还有一棵斜斜的银杏。小时做植物标本时就爱收集银杏叶，因它的形状太特别，几乎永远都不会和其他树叶混淆，又有化石的古意，显得很厉害的样子。我特别喜欢银杏叶子在暮秋时的颜色，那几乎是一种婴儿般的嫩黄，或者鹅黄，这样的颜色，大多是属于春天的，“沿河柳鹅黄，大地春已归”，但银杏就是有力量让秋日也沾染上赤子的气息。不过此刻是落雪的冬日，我并不想念其他。

那院子里的雪还是下着，细密又坚决，只是在快落地时略有惊慌，遂有些许翻腾，也只是瞬间的事。看久了，就如同电影胶片的快速倒带，那雪点竟是可以织成一片幕布的，因为背着街道的缘故，更显得无声无息，犹如默片。

这个可以静静承受落雪的院子，构成我日常生活和工作的一部分，而在上海，这样的机会其实并不多。在上海啊，有多少人家还有一个自己的院子呢。我只记得小时候曹杨五村的外公家是有一个院子的，我过年的时候来玩，和邻居家的小孩慢慢熟了，他在我外公家院子里埋下一个陶瓷小公鸡，说是送给我，但要等很多年后才能挖出来。我惴惴不安地答应了，不过等他一走，我记得自己还是迫不及待地偷偷掘出。很多年过去了，那个带院子的一室户早已转手，我的小朋友也没有再联络过，所以也许我是对的。

我把这个院子讲给你听，是因为你不能和我一起站在这二楼的阳台上，看雪花的翩翩。

6

某天上班，在南京西路出站至地面的电梯上，有个人站在我前面，从他那忽然掉了一个东西下来，就落在他站的那阶电梯上，我一看就知道了，那是他手上抓着的雨伞伞把，他把雨伞搁在电梯扶手上，这么左右一晃被蹭下来的。他也看见了，可是他不知道那是什么，盯着看了一会，还用脚去踢了踢，踢到一边去。随后我们都升至地面，他在我前面疾走而去，我看着那个蓝色伞把很可怜地想跟着走，却被电梯端口处的锯齿拦住，在那里徘徊。我当然也不会捡起来了，就走过去了。一会，我看见前面那个人要打开伞，然后他愣了一下，匆匆往回走，从我身边擦过。我当时觉得这个人很可笑，后来走着走着，开始伤感起来，大概人都是这样，不知道爱惜自己的东西，丢了还不认识，还要用脚去踢。

于是想起一句歌词，“走过来坐在我的身旁”。我经常想起这句歌词，但不是每次都能想起它的调子，但最近好像能想起来的次数变多了，就一路哼着，也只会哼这么一句。

能想起来调子的原因呢，是因为我们家小姑娘。她有一个玩具，像个小房子，有很多方法玩，我们家小姑娘每种方法都会。其中有六七个琴键，每按一个，就会放一段电子音乐，我们家小姑娘最喜欢。她无聊的时候，就把小手指伸过去揿一下，然后音乐响起，虽然是很没有档次的 midi 音乐，我是不要听的，可她不挑剔，还贱兮兮地跟着节奏照旧一动一动，身段特别好看，她要是会走路了的话，说不定还没有那么好看。

那天有个老仙女来我们家做客，她是说英语的，可把我累坏了，我一下子回到咿呀学语的年龄，一堆名词动词不讲语法地就往外直冒。还好有小姑娘在，我们就不用探讨艰深的话题。老仙女很会和小姑娘玩，一会用食指中指做爬行状，笃笃笃地爬到小姑娘身边，一会又玩盒子藏豆子的魔术（我们大人都是魔术师）。很快就和小姑娘熟了。熟了以后呢，小姑娘也要表示一下，就蹭蹭蹭爬到玩具房子那里，揿了一个键，响起来的音乐，就是 Red River Valley。老仙女听到很惊喜，当然了，这是她们英文系的歌，可是我们中文系现在也很 popular 这歌了，都进小学课本了。popular 这个单词我还没忘记，就比划给她听，然后我们在这样 popular 的音乐中就很释然，虽然是 midi。

走过来坐在我的身旁，这是一个多么崇高的理想。可以和奥德修斯的理想媲美——

个个挨次安座，面前的餐桌摆满了
各式食品肴馔，司酒把调好的蜜酒
从调缸里舀出给各人的酒杯一一斟满。

也很接近吹牛大王的理想——杯酒在手，高朋满座。我很久以前写过一首诗，虽然现在看起来其实不好，但当时写完以后激动了很久，第一次觉得自己是一个诗人。

假如时光倒流
假如我的赤足能溯向河的上游
假如昨日溅起的浪花
还未及沾上风沙的锈

啊　　　　多好啊

假如

假如你们仍在岸边

围坐成一圈

冲我挥动红手绢

我知道总会有那么一天的。我会走过去，坐在你们身旁。